CONTENTS

Criminal Stigmata

神無
KANNA
咎人。
令和の切り裂きジャック
御影
MIKAGE
咎人。
弟殺しのカイン。
ヤマト
YAMATO
御影の屋敷の
黒猫執事。
Stigmata

CHARACTERS
Criminal Stigmata
illustration: 巌本英利
高峰
TAKAMINE
警察官。
警視庁異能課所属。
東雲
SHINONOME
『咎人狩り』の
咎人。
Criminal

prologue

薄暗い部屋の壁は、打ちっ放しのコンクリートだった。

天井には剝《む》き出しの配管が張り巡らされていて、換気扇の低い唸《うな》り声《ごえ》が響いていた。

閉められたブラインドからは、外界の光がほのかに射《さ》している。

夜なのに外が明るいのは、東京の街は光に満ち溢《あふ》れているからだ。街路も住まいも、神が下した夜の帳《とばり》に逆らうように、人工的な光で煌々《こうこう》と照らされている。

その時、無機質な部屋の中に扉を開ける音が響いた。

「なんだ、来てたのか。照明がついてないから、いないのかと思ったぜ」

体格がいい若い男が、出入り口に立っていた。その背後では、眼鏡をかけた青年が遠慮がちにこちらを見ている。

「面倒だったから。それに、目も慣れてきたし」

あっけらかんとそう言うと、対する男は苦笑する。

「ま、お前がいいなら別にいいけどよ。だが、こっちに合流する時は連絡して欲しいもんだぜ。スマホ、持ってんだろ?」

男に言われ、ジャケットのポケットを探る。期待していた感触はなかった。

「なくしたかも」

「マジか」

男は大きな手で顔を覆い、後ろにいた青年は身を乗り出す。

「それ、セキュリティ的に大丈夫なのか？　ちゃんとロック掛かってるだろうな？」

「……指紋認証にしてる」

こちらが答えると、青年は胸を撫《な》で下ろす。

「そりゃよかった。お前は絶対にパスワードを設定しないだろうし、心配だったんだ」

「でも、指紋を認識されないことが多い」

乾いた指先に希薄な指紋。暗がりの中では、まず判別できないほどだった。

「なんか、お前の指紋は薄そうだもんな……」

「ロックが掛かったままのことが多い。だから、いらない？」

首を傾《かし》げていると、「いやいや」と青年が首を横に振った。

「スマホをなくしたんじゃなくて、捨てたってことにしようとしてるな……？　そもそも、それってお前の私物じゃなくて『組織』からの支給品だろ？」

「そう」

あっさり頷《うなず》くと、青年は頭を抱える。

「まあ、いいじゃねぇか。今は位置情報でスマホを捜せるんだろ？」

男が青年を宥《なだ》めるように、ぽんと肩を叩《たた》く。

「そうだけど、やらされるのは結局、俺なんだよな……」

青年はブツブツ言いながら、男とともに部屋へと入る。

バタン、と扉が閉じる音とともに、三人は外界から遮断された。

「さて、と。お前が合流したってことは、そろそろ動き出さなきゃいけないってことだよな」

男が問う。

「そう。これ以上泳がせるのは、危険だって」

「やれやれ……。気が乗らない仕事だが、引き受けちまったもんは仕方がねぇ。それに、俺達《たち》がやらなきゃ、誰かがやるんだろうし」

男も青年も、表情が晴れなかった。

「せめて、事前に説明が欲しかったよな。最終的にやることは、いつもと変わらないとはいえ、さ」

青年は足を引きずるように、部屋の片隅にあるデスクトップパソコンへと向かう。

「さっさと終わることを祈るよ。いつまでも引きずりたくない仕事だし」

「だな。せめて、手ごたえのある奴《やつ》と戦えることを祈るぜ」

青年の言葉に応じるように、男が言った。キーボードを叩こうとしていた青年は、手を止める。

「それ、俺が言ってることと矛盾してるから」

「んだよ。手ごたえがある奴とさっさと決着つけりゃいいだけだろ。チンタラやってるのは性に合わねぇ。密度の濃いひと時を過ごしてぇんだよ」

「はぁ」

青年は気の抜けた返事をした。

「お前も、そう思うよな？」

男はこちらに話題を振る。視線を少し虚空にさ迷わせてから、こう答えた。

「わからない」

「ほら、こっちに一票入った」

青年がにやりと笑う。

「マジかよ。お前も強敵には興味がない派か？」

「わからない」

「どっちでもないってよ」

男は青年に向かってにやりと笑う。青年は腑《ふ》に落ちない顔をしていた。

「まあ、お前が何考えてようと関係ねぇ。任務完了まで仲良くやろうぜ、無花果《いちじく》」

男が大きな手のひらをこちらに差し出す。

「うん、よろしく」

差し出された手の意味が分からず、無花果は静かに返事をしただけで終わった。

1

Criminal Stigmata

切り裂きジャックとカインの事務所

東京の夜はギラギラした光に包まれている。

日中の明るさに対抗せんばかりであったが、日差しのような温《ぬく》もりはなく、ただ貪欲に人々へ向けられているだけだった。ネオンは光が恋しい弱者を誘い、それを狙って悪《あ》しき者達が近づいてくる。

閑散とした物流倉庫の裏で行われている取引もまた、彼らの活動の一環であった。

「例のブツは」

作業服をまとった男が、やって来た黒服の男に尋ねる。男は、ジェラルミンケースを掲げた。

「持ってきた」

「よし。早く渡せ。尾行されてないだろうな」

「ああ。さっさと済ませるぞ」

二人の男は周囲を見回し、取引を始める。

すぐそばにある運河の向こうは眩《まぶ》しいネオンに溢れているが、物流倉庫がある側は必要最小限の灯《あか》りしかない。闇に紛れたい者達にとって、好都合の場所だった。

真っ黒な運河がネオンの光を反射するなか、二人は粛々と取引を行う。

「しかし、上はなんでこんなベタな場所を指定したんだろうな」

「この倉庫を使ってる会社と取引があるんじゃないか？　だから、こうやって人がいない時間帯も分かるし、俺達が入れるようお膳立てが出来たのさ」

「成程。それなら、まずはその会社を洗いざらい調べる必要がありそうだな」

第三者の声が、唐突に割り込む。

「なっ……！」

男達が驚いていると、ぱっと車のヘッドライトが薄闇を割いた。

「警察だ。そのジェラルミンケースの中身、見せてもらおうか」

いつの間にか停《と》められていた車から現れたのは、長身の若い男であった。

上等なスーツに眼鏡というエリート然とした姿であったが、その双眸《そうぼう》は異様に鋭く、幾つもの修羅場をかいくぐって来たことが容易に知れた。

名は、高峰辰巳《たかみねたつみ》。異能使いが関わる事件を専門としている警視庁異能課の一人であった。

「け、警察だと……！」

「巷《ちまた》で出回っている奇妙な薬物の出所を調べていたら、ここに辿《たど》り着いたんです」

車の後ろから、トランクケースを手にした女性が現れた。

若干の少女らしさを残した細身の人物で、烏羽玉《うばたま》の髪を垂らし、パンツスーツをまとっている。彼女は高峰と同じく異能課の、纏由良《まといゆら》だ。

「あなた達が所持しているジェラルミンケースの中身が、不審物でないか確認させて下さい」

か弱そうな見た目であったが、彼女の声に隙は無かった。

二人の警察の登場に、男達はじりっと後ずさりをする。だが、異能課の二人は、大股で彼らに歩み寄った。

「くそっ、仕方ねぇ……！」

作業服の男は舌打ちをすると、すぐそばにあった倉庫に向かって叫んだ。

「先生、お願いします！」

「先生？」

高峰が訝《いぶか》しんだその瞬間、倉庫の閉ざされていたシャッターが派手に吹っ飛んだ。

「な、なんですか……!?」

纏もまた、トランクケースの持ち手をぎゅっと握り締める。土煙が立ち込める中、倉庫から巨大な影が現れたのだ。

「フゥーハハハ！　ワシの出番が来たようだな！」

轟《とどろ》かんばかりの豪快な笑い声とともに登場したのは、筋骨隆々な巨漢であった。

その姿は象のように大きく、ブルドーザーのように力強い。盛り上がった筋肉は鎧《よろい》をはるかに凌駕《りょうが》する堅牢《けんろう》さで、もはや人間の領域を超えていた。

「先生、あの公僕どもを消してください！」

作業服の男は、黒服の男とともに巨漢の背後に隠れる。

「あい、分かった。東京湾のクロダイの餌にしてくれるわ！」

「クロダイは江戸前ノリを食い荒らすので、ちょっと……」

作業服の男の気弱なツッコミを無視し、巨漢は高峰と纏の前に立ちはだかる。巨大な男に比べたら、長身の高峰ですら子供に見えた。

「なんて巨体……。二高峰さんくらいでしょうか……」

「纏、私を単位扱いしないでくれ」

二人は、高峰の二倍の大きさはあろう巨漢を見上げて息を呑《の》む。

「それにしても、あの筋肉はただ鍛えただけではなさそうだな」

「そのとおぉり！」

巨漢の雄叫《おたけ》びが敷地内に轟く。

「ワシの筋肉は戦車の装甲に勝る！　これぞ我が異能、『超・筋・肉』！」

上半身が裸体の巨漢の大胸筋に、両腕を模した紋章のようなものが浮かび上がっていた。それに気づいた高峰は、目をすがめる。

「異能——。やはり、『咎人《トガビト》』か！」

「いかにも！　邪魔する者の頭部は完・全・粉・砕！　ついた異名はヘッド・クラッシャー！」

「その名は聞いたことがある。貴様だったのか……！」

高峰の目が更に鋭くなる。懐からコインを取り出し、ヘッド・クラッシャーへ指弾を放った。

「ムン！」

ヘッド・クラッシャーが大胸筋に力を入れると、胸を狙ったコインは呆気《あっけ》なく弾《はじ》き飛ばされる。弾丸のごときそれは、豆鉄砲ほどのダメージすら負わせられなかった。

「ハッタリではないようだな……！」

「こちらの武器も、刃が通るか分かりませんね……」

纏もトランクケースに手をかけて武器を取り出そうとするが、その声はいささか弱気になっていた。

二対一だが、質量では相手の方が上だ。防御力は今見た通りだし、紙のようにひしゃげたシャッターを見れば、圧倒的筋肉から生み出される攻撃力を想像するのは容易だ。

さて、どうしたものかと異能課二人は思案する。

そんな彼らを気にすることなく、ヘッド・クラッシャーはショベルカーのような腕を振り上げた。

「ヌゥゥン！　そちらが来ないなら、こちらから行くぞ！」

「構えろ、纏！」

「はい！」

ヘッド・クラッシャーは地を蹴り、異能課二人は構える。

双方が衝突しようとしたその時、彼らに割り込むように、小さな影が現れた。

「なにぃ……！」

ヘッド・クラッシャーは象のような足で踏み止《とど》まり、異能課二人は目を見張る。

現れたのは、ハチワレの猫だった。

「なぁーん」

猫は無垢《むく》な瞳で辺りを見回し、甘えるような声で鳴く。隠れていた男達が「ねこちゃん！」と和む中、倉庫の上からもう一つの影が現れた。

「クソッ、待てってての！」

影は倉庫の屋根から身軽に飛び降り、ヘッド・クラッシャーの頭に着地する。

「むぎゅっ！」とヘッド・クラッシャーが声を漏らすのにも構わず、その影はハチワレ猫の背後に降り立った。

「フニャーッ！」

「ようやく見つけたんだから、大人しくしろってば！」

現場に突如現れて暴れる猫を抱き上げたのは、赤髪の青年だった。

「お前……」

「へ？」

高峰の声に、青年は場違いな間の抜けた声をあげる。

すらりとした豹《ひょう》のような肢体の、美しい青年だった。

しかし、危うさを孕《はら》んだ色香をまとっており、耳に列を成すピアスも相俟《あいま》って、近づき難い雰囲気を漂わせていた。

「神無《かんな》さん！」

纏は青年の名を呼ぶ。

「纏ちゃん、そして高峰サン！　ってことは、もしかして――」

神無は背後を振り返る。すると、怒りのあまりこめかみに血管を浮かせているヘッド・クラッシャーが、壁のように立ちはだかっていた。

「貴様ァ！　ワシの頭を踏み台にしおって！」

「やば！　お取込み中じゃん！」

次の瞬間、ヘッド・クラッシャーの大槌《おおつち》のごとき拳が神無を目がけて振り下ろされる。だが、神無はそれをひらりと避《よ》け、纏に向かってハチワレ猫を放った。

「ごめん、その子預かってて！」

「は、はい……！」

纏に抱かれると、猫は大人しく丸まった。高峰は突然の乱入者に眉間を揉《も》み、猫を預かる纏を後ろに下がらせる。

「高峰サン、何したわけ？」

「逆だ。やらかしている輩《やから》を現行犯で捕まえようとしたところだ」

「だよね。ケーサツだし」

神無は、次々と繰り出されるヘッド・クラッシャーの拳を柳のような動作で避けつつ、肩を竦《すく》めてみせた。

「おのれぇ、ちょこまかと！」

「ははっ！　おっさん、筋肉つけ過ぎて重いんじゃない？　今の流行《はや》りは細マッチョだから」

　神無はひらりと宙を舞い、積み上がったコンテナの上に降り立った。ヘッド・クラッシャーはすっかり神無に夢中になっていて、闘牛のようにコンテナに突っ込む。

「モヤシのような若造めが！　調子に乗るなよ！」

「はぁ？　俺はシックスパックが仕上がってるっての」

　神無はシャツをめくって腹筋を晒《さら》そうとするものの、ヘッド・クラッシャーはコンテナに指先をめり込ませ、渾身《こんしん》の力を込め始めた。

　すると、神無が乗っているコンテナがぐらりと傾き、地面から浮いたではないか。

「わっ、無理すんな！」

「我が三角筋は世界一ィィィィ！」

　隆々とした三角筋に血管を浮かび上がらせながら、ヘッド・クラッシャーはコンテナ諸共《もろとも》、神無を放り投げる。

「フゥーハハハ！　貴様の頭を砕いて、東京湾のスズキの餌にしてくれるわ！」

「おお、怖。顔は勘弁して欲しいね」

神無は空中でひらりと受け身を取ると、懐からサバイバルナイフを抜いた。

「神無、気を付けろ！」

高峰が声をあげる。

「そいつの異能は筋肉強化だ！　私の指弾のコインも弾いた！」

「なにそれ、ヤバくない？」

神無の落下先には、ヘッド・クラッシャーが待ち構えている。獲物の頭部を鷲掴《わしづか》みにせんと、勝利を確信した笑みを湛《たた》えながら。

「でも――」

神無は身を翻し、ヘッド・クラッシャーの太い指先を蹴って体勢を変える。首筋に、蠱惑的《こわくてき》な女性を象《かたど》ったような紋章が浮かび上がっていた。

それは、咎人に刻まれた罪の証《あかし》であり、罰の刻印――『聖痕《スティグマ》』だ。

神無は聖痕の熱さを意識の外へやり、ただ一点を狙って刃を振り被《かぶ》った。

「カラダの内側は、強化出来ないでしょ」

神無が狙ったのは、ヘッド・クラッシャーの鼻孔だった。サバイバルナイフの刃先は鼻孔を切り裂き、ぱっと鼻血が飛び散る。

「ぬぅぅ！」

ヘッド・クラッシャーは思わず顔を押さえる。

一方、神無は別方向を眺めていた。高峰達の背後にして、自分がやって来た方角には――。

「我が血盟に従え、冥府の支配者たるハデスの刃よ」

静かだが凛《りん》とした声が、混沌《こんとん》とした現場に介入する。

「この声は、まさか……！」

高峰と纏が振り返ると、そこには白髪の青年が佇《たたず》んでいた。

陶器人形のように端整な顔立ちで、未成熟さを残す容姿であるにもかかわらず、成熟した雰囲気を纏《まと》っていた。

漆黒の眼帯が右目を覆っており、左目は血の色をしている。ゴシック調の黒衣を身に纏っているせいか、肌の白さが際立っていた。

その白い頬に、蹲《うずくま》る胎児のごとき聖痕が燃えるように輝いている。

「御影《みかげ》さん！」

纏の声に、白髪の青年――御影は穏やかな笑みを返し、呪文の詠唱を続ける。

「汝《なんじ》らの裁きで、我が宿敵に終幕を」

いつの間にか、周囲が白い霧で覆われていた。気温がぐっと下がり、底冷えが一同を襲う。

場違いなダイヤモンドダストが、キラキラと舞い始めた。

妖精のごとき氷粒に向かって、御影は妖しく微笑《ほほえ》む。

「おいで、愛してあげる」

途端に、風もないのに運河が波打ち、ダイヤモンドダストが御影へと集まる。氷粒が白い光を反射する中、御影の瞳だけは赤く獣のように輝いた。

「夜を乱す者に折檻《せっかん》を！　――『氷柱牢獄《アイシクルコフィン》』！」

御影が力ある言葉を放った瞬間、ヘッド・クラッシャーの足元に氷柱が突き出した。

「これは、魔法……!?」

ヘッド・クラッシャーにはなすすべもなく、氷柱が彼の巨木のような足を包み込む。

背後にいた男二人も逃げようとしたが、あっという間に氷柱に囚《とら》われてしまった。

「ぬぅぅっ！　身体《からだ》が冷やされて、うまく動かん……！」

「君は熱いヒトのようだから、少し冷ました方がいいかと思って」

身動きが取れないヘッド・クラッシャーに対して、御影はにっこりと微笑む。頬の聖痕はすっかり消えていた。神無と同様に。

「で、神無君。捜索依頼が出てたハチワレ君は確保したのかな？」

「勿論《もちろん》。纏ちゃんに預けてるけど」

神無はナイフをしまい、纏の方を見やる。纏は慌てて、「ど、どうぞ！」と猫を御影に渡した。

「預かっていてくれて有り難う、プリンセス。僕達は、彼を捜すよう依頼をされていてね。これで達成出来るよ」

「そ、その呼び方じゃなくて、名前じゃ駄目ですかね……」

御影のキザな物言いに、纏は気恥ずかしそうに目をそらしつつ抗議した。

「失敬。レディの名前を口にするのは畏れ多くて」

「御影君はマジで直す気ないから、スルーするか開き直るかした方がいいよ」

神無は苦笑しながら纏に言った。

「やれやれ。お前達の乱入は想定外だったが、お陰で事が上手《うま》く運んだ」

無線で連絡を取った後、高峰は神無と御影に礼を告げる。

「俺達、なんか表彰されたり？」

「するか。咎人にそんな権利はない」

「知ってる」

軽口にぴしゃりと返され、神無は肩を竦めた。

咎人とは罪を犯した者であり、罰とともに異能を得た者達のことである。彼らは罪を清算するまで死ねず、苦しみながら生きるしかない。

神無も御影も、そして、高峰と纏とヘッド・クラッシャーも、皆、立場は違えど罪人なのだ。

「それにしても……」

高峰は、氷漬けになって震えているヘッド・クラッシャーを見上げる。

「護送車を要請したが、それでも詰め込めるかどうか……」

「まるでゴリアテのようじゃないか。見事なものだね」

御影は、筋骨隆々の身体を見上げる。そんな彼を、神無が小突いた。

「まさか、こういうのが好みなわけじゃないよね」

「おや、妬《や》いているのかい？」

「そういう返し方する……！」

神無はバツが悪そうに顔をしかめた。

「冗談はさておき。高峰君達はどうしてここに？　ゴリアテに用があるわけではなさそうだけど」

御影の鋭い視線が、氷漬けで動けない男二人組に向かう。

「ああ。お前達には、話しておいた方がいいかもしれないな」

高峰は男二人に歩み寄ったかと思うと、彼らの足元に落ちていたジェラルミンケースを拾い上げた。

「すでに情報を摑んでいるかもしれないが、巷であるものが出回っている」

ジェラルミンケースを開けると、ふわりと林檎《りんご》の香りが漂った。濃厚な蜜の、甘い芳香だ。

ケースの中には大量の紙袋が入っており、高峰は白い手袋をした手で中身を改める。

彼が取り出したのは、錠剤であった。

「まさか、クスリ？」

「そのまさかだ。このドラッグを服用すると万能感を得て、理性の歯止めが利かなくなるらしい。心の水底に沈めていた欲望を浮上させ、罪を犯させる恐ろしい代物だ」

錠剤を包むフィルムには、黒い蛇が描かれている。他には、何の記載もなかった。

「林檎に蛇、創世記の失楽園を彷彿《ほうふつ》とさせるね」

御影の左目がドラッグを捉える。

最初の人類といわれたアダムとイブは、蛇にそそのかされて禁断の実を口にし、知恵をつけてしまった。それがゆえに、神に楽園を追放されたのだ。

「理性の歯止めが利かなくなるなら、知恵を授ける実とは言えないだろうけど……」

遠くから緊急車両のサイレンが聞こえる。風がないためか、甘ったるい林檎の香りはいつまでも一同にまとわりついていた。


池袋駅東口方面にある雑居ビル街の半地下に、警察にも介入出来ない厄介ごとを引き受ける事務所があった。

看板は出ておらず、裏社会に精通する人々の口利きや、インターネットの口コミのみでその存在を囁《ささや》かれていた。

「というと聞こえがいいけど、事務所の名前が決まってないんだよね」

アンティークの長ソファの上で、神無は携帯端末を弄《いじ》りながらぼやいた。

神無が占領しているソファの前にはテーブルがあり、その向かいには来客用のソファが置かれている。そして上座には、所長机があった。それらは皆、高級感のあるアンティークで統一されている。

天井からは、都会の半地下の事務所におおよそ似つかわしくないシャンデリアがぶら下がり、シンプルだった壁にはピクチャーレールが設置され、絵画が飾られていた。全て、御影の趣味だ。神無は家具にそれほどこだわりがなかったため、御影に一任したのだ。

そしたら、あっという間に英国の探偵事務所のようになってしまった。

「ソファを追加したり、絵画を用意したりして内装はめっちゃ頑張ったのに、名前を決めてないとか詰めが甘過ぎじゃない？」

「表札のプレートのイメージは決まっているのだけど」

所長机に座っている御影は、ラップトップを閉じて溜息《ためいき》を吐《つ》いた。

「見た目へのこだわりを少しでも事務所名に向けたら？」

「神無君はどうなんだい？」

御影は立ち上がり、神無の方へと歩み寄る。神無は顔を上げ、独り占めしていたソファの半分を御影に譲る。

「ちょっと考えてみたけどダメだわ。若者の発想はこういうインテリアに合わない」

「その言い方では、僕が若者ではないみたいだね」

「世間では若者に入るかもしれないけど、俺より干支《えと》一回り上じゃん。俺から見たらおじさんでしょ」

外見こそ高校生ほどに見えるのだが、御影の実年齢は三十路《みそじ》であった。苦笑した御影の口から、獣のように鋭い犬歯が覗《のぞ》く。

「おやおや。何処《どこ》までも僕を年寄り扱いするなんて、いけない子だね。お仕置きが必要かな？」

御影は隣に腰を下ろすと、神無の頬をそっと撫でる。滑らかな指先の、ひんやりとした感触が心地よかった。

そんな御影の手を取ると、神無は挑発的に笑う。

「また俺に、可愛《かわい》い絆創膏《ばんそうこう》でも貼ろうっての？　残念だったね。今日は無傷だし」

「これから絆創膏が、必要になるかもね？」

御影は己の牙を見せつけるように、神無の顔を覗き込む。神無は、首筋が自然と疼《うず》くのを感じた。

吸い寄せられるようにその身を捧《ささ》げようとするものの、ハッと我に返って首を横に振った。

「いやいや。ここで血はあげられないって。誰か来るかもしれないじゃん」

「それもそうだ。残念」

御影はあっさり引き下がる。神無は拍子抜けしてしまった。

「マジで血が必要なら、屋敷に戻る？」

「いいや。緊急性は無いから結構だよ。あとでじっくり頂くとしよう。デザートは最後がいいからね」

「人の血をデザートに喩《たと》えるのヤバ過ぎでしょ」

神無は苦笑した。

「あながち間違ってはいないと思うけどね。君の血は、甘くて美味《おい》しいから」

「お気に召してもらえたのは良《い》いんだけど、ガチで甘さを感じたら教えてよね。それきっと、血糖値ヤバいことになってると思う」

神無はむず痒《がゆ》い気持ちを隠すように、わざとおどけてそう言った。

「それにしても、事務所名が決まらないと、ちゃんとした仕事が来なくない？ 猫捜しとか、確かにケーサツは動いてくれないだろうけどさ」

先日、神無と御影でハチワレ猫を確保したのは、捜索依頼が事務所に持ち込まれたためであった。

一人の少女が、なけなしのお小遣いを握り締め、逃げた飼い猫を捜して欲しいと依頼してきたのだ。

それだけ聞けば良い話風だが、その少女は最初に警察に相談し、それからどう知ったのか万屋《よろずや》に行き、そこから神無達のことを紹介されたという。

「万屋ちゃんも仕事を回すとは言ってたけどさ、猫捜しはどうかと思うんだよね」

「泣いていた小さなレディに笑顔が戻っただけでも、僕は良いと思うよ。その後、両親がやって来て相応の報酬を支払ってくれたじゃないか」

「まあ、結果は良かったけど……」

神無は溜息を吐く。

「それに、僕は夜目と鼻が利くし、君は気配を消すのが得意じゃないか。行方不明のペット捜しにうってつけだと思わないかい？」

「そう言われると、マジでそんな気がして来た」

神無は頭を抱える。

「でも、俺達がやりたかったことってそういうのじゃなくない？」

「その通りだね」

神無の問いかけに、御影はふわりと微笑む。

「むむ……」

全てを肯定すると言わんばかりの包容力がある笑みの前では、神無は無力だ。それ以上、何も言えなくなってしまった。

そんな神無を見つめながら、御影が彼の意図を引き取る。

「法的な介入が難しく危険な事件に、僕達のような法の外にいる者が関わり、解決する。僕達に与えられた異能を有効的に使うのはそれが一番だろうし、それが正しい贖《しょく》罪《ざい》の形にも思える。——そうだね？」

「まあ、そんな感じ……」

神無は静かに頷く。

自分は愛を探すあまり、多くの女性を手にかけてしまった。殺人の贖罪は、殺人を防ぐことでしか成し得ない気がする。神無の中に、そんな強迫観念が生じているのは確かだ。

尤《もつと》も、どんなに贖罪をしても許されるとは思わないし、許してもらおうと思うことすらおこがましいと自覚しているが。

「君の気持ちは分かるよ。でも、目の前にある小さな事件を一つずつ解決するのも、立派な贖罪さ」

「そう……なんだろうけどさ」

「猫捜しだって、君からすれば小さなことかもしれない。でも、依頼主のレディにとって、愛猫がいなくなったことは愛《いと》しいものと死別したほどの悲しみを伴っていたかもしれないじゃないか」

御影に言われて、神無は思い出す。

依頼主は、十歳にもならない女児であった。その短い人生の中で、家族の一員である愛猫の存在は計り知れないほど大きなものだっただろう。

その証拠に、事務所にやって来た時は目を腫らしていて、愛猫の話をする時には常に涙が溢れていた。神無では手に余る状態だったので、御影が親のように宥めてやってようやく話が出来たくらいだ。

依頼の時は泣き顔しか見られなかった彼女だが、猫を取り戻した時は、溢れんばかりの笑顔だった。

「今生の別れだと思った家族が戻って来た時の、彼女の顔を覚えているかい？　君の行いは彼女の人生を救ったと言っても過言ではないんだよ」

「それなら……いいんだけど」

「君は真面目でいい子だから、焦ってしまうのだろうけどね」

「別に、真面目とかじゃないし」

気まずくなって目をそらすと、神無の頭に御影の手がふわりと載せられる。

撫でられているのだ。成人した自分が子供のように撫でられるなんて、と思う反面、ろくに両親に甘えられなかった在りし日の自分が、もっと触れられたいと寄りかかってしまう。

御影はそれを優しく受け止め、そっと撫でてくれた。

依頼を欲していた神無も、この時ばかりは誰も来ないで欲しいと願ってしまった。

今はただ、泣きながら猫捜しを依頼してきた少女のような子供に戻って、人の温もりに甘えたい気分だから。

「依頼の件だけど」

「……ん」

「こちらの手が必要な事件があった時には、積極的に回して欲しいと灰音《カイネ》君に伝えたよ」

知っている名前を耳にした瞬間、神無は成人の自覚を取り戻す。

自分に触れていた御影の手を取り、礼を告げるようにそっと握り返すと、静かにその身を起こして御影に向き直った。

「『アリギエーリ』――茉莉花《マツリカ》ちゃんのところか」

異能使いによる人材派遣会社『アリギエーリ』。以前、ある事件をきっかけに、神無と御影は彼らと接触し、ともに事件を解決することになった。

社長を務めている青年は灰音といい、彼の補佐をしている女性を茉莉花といった。

咎人の灰音に対して茉莉花は無能力者であったが、どうやら学生時代にヤンチャをしていたようで、喧嘩《けんか》は滅法強かった。

「あそこは、公的な機関からも密《ひそ》かに依頼を受けているからね。大きな依頼が転がり込むかもしれない」

「いやー、めちゃくちゃ確かなツテでしょ。デキるコンビだけど、社長サンは頭脳戦の方が得意そうだし、ガチガチの荒事はこっちに任せて欲しいわ」

「そうだね。茉莉花嬢も勇猛とはいえ、戦闘特化の咎人が相手では手に余るだろうし」

「はー、持つべきものは良縁だね。でも、待ってるだけってのは性に合わないし」

神無は、自分の携帯端末をひらりと掲げる。

「俺のインスタのアカウントで宣伝しようか？　フォロワー多いし、多少の客寄せになるんじゃない？」

「君のパパラッチのレディ達が、出入り口に溢れ返らないといいけれど」

御影は少し困ったように笑う。

「いや、そこまで有名人じゃないし。知り合いが新しい店を構えたからよろしくね的なニュアンスで投稿すれば、俺目的のフォロワーはほとんど来ないから」

神無はさっさと、写真映えする内装を見つけ、数枚の写真を撮る。素早い動作でキャプションを打つと、さっさと投稿してしまった。

「内装だけでいいのかい？」

「かなり前、個人の喫茶店でバイトしてたことがあってさ。制服が良かったから自撮りで宣伝したんだけど、店に関心がなくてマナーが悪い客が押し寄せたんだ。それがめちゃくちゃ申し訳なくて、以後は反省を活《い》かしてるってわけ」

人物をメインにして撮ると、その人物に会いたい人間が押し寄せてしまう。だが、店をメインにして投稿すれば、店に興味がある人間だけが来てくれるというのが失敗から学んだことだった。

「僕を写さなかったのは、そういうことなんだね」

「そ。御影君を撮ってアップしたら、ヴィジュアル系美少年を見たい客ばっかり来ちゃうじゃん。御影君を見世物にしたくないし」

神無の投稿には、あっという間に『いいね！』が付く。「素敵な内装！」「行ってみたい！　どんなメニューがあるの？」というコメントも付いていた。

「……なんか、一部のフォロワーが喫茶店と勘違いしてるかも。事務所のコンセプトはキャプションに入れたのにな」

「やれやれ。表札の前に、喫茶店ではない旨を書いた紙でも貼っておこうか」

御影は苦笑する。

だが、その笑みはすぐに消えた。

「おや。早速客人が来たようだね」

「マジで？　まあ、万屋ちゃんの紹介かもしれないし」

御影が気づいた直後、扉を激しくノックする音がした。随分と乱暴なそれに、神無と御影は顔を見合わせる。

「どうぞ」

御影は出入り口の扉に歩み寄り、そっと開ける。

すると、開け終わるか終わらないかのうちに、少女が飛び込んできた。

「助けて！」

あどけなさと大人っぽさが入り混じった、高校生ほどの少女であった。ぱっちりとした瞳の、可憐《かれん》な容姿である。

神無には、その制服に見覚えがあった。近所の私立高校の制服だ。

「どうしたわけ？　変質者？　痴漢？　それとももっとやべー奴？」

「もっとやべー奴に追われてるんです！　っていうか、本物の神無!?　えっ、やばい！」

「ほ、本物だけど……」

焦りと興奮がないまぜになった少女にたじろぎつつ、神無は答える。

「実在してたのね！　後で写真と動画撮らせてください！　あと、神無さんの投稿を見たんです！」

少女の言葉に、御影はくすりと笑って神無を軽く小突いた。

「お手柄だよ、神無君。君の投稿が役立ったようだ」

「マジか。そりゃあ、何より」

神無はそう言いながら、少女を事務所の奥に押し込めると、自分は用心深く事務所前の階段を上って外を見やる。

事務所が面しているのは大通り近くの広い路地裏で、オフィスパーソンやカップルなどが平和に行き交っていた。

少女の言う、『やべー奴』の姿は見当たらない。

「あれ？　誰も追って来てな――」

「神無君、上だ！」

御影が叫ぶと同時に、神無の目の前に不自然な影が生じた。ハッとして顔を上げた瞬間、上空から人影が舞い降りた。

「イヤッハー！」

ご機嫌な声とともに男が落ちてくる。

神無はとっさに飛び退《の》いたものの、あと少し遅かったら下敷きになっていた。

「よぉ、上から失礼するぜ」

空から落ちて来た男は、余裕たっぷりにそう言った。

染めたと思《おぼ》しき金の髪の、体格のいい若い男であった。革のジャケットから、タトゥーをびっしりと入れた逞《たくま》しい腕が覗いている。

筋肉の山のようであったヘッド・クラッシャーとは違い、実用的な引き締まった筋肉が無駄なくついている。

神無は一目見て分かった。この男は、戦い慣れしていると。

「失礼する時って、予告するもんじゃない？」

神無は、わざとおどけて相手の出方を窺《うかが》う。男は「確かにな」と笑うと、改めてこう言った。

「上から失礼したぜ。ところで、ここに女子高校生が訪ねて来なかったか？」

「仮に訪ねて来たとしても、空から降ってくるやベー奴には教えないし」

「そりゃそうだ」

男は白い歯を見せて、からりと笑う。

「流石《さすが》は『咎人狩り』の神無。用心深い奴だぜ」

「……俺の名前、知ってるわけ」

「界隈《かいわい》で知らない奴はいねぇさ。しょっぱい事件を起こしてる咎人を裁いたり、『令和の切り裂きジャック』の模倣犯を捕まえたり、池袋に現れた謎の巨人を始末したって有名だしな」

「成程ね」

どうやら、神無の噂《うわさ》は本人の知らない間に広まっていたらしい。だが、男の口ぶりから察するに、神無が連続殺人鬼『令和の切り裂きジャック』だということは知られていないようだ。

(万屋ちゃんや東雲《しののめ》ちゃん経由で広まったかかな)

神無は、正義感が強い咎人の東雲のことを思い出す。彼女の関係者ならば、前科まで不用意に漏らすことはないだろう。

それよりも、男の口からあまりにも自然に咎人という単語が漏れたことが気になった。

　恐らく、この男も咎人なんだろう。そうなると、聖痕は服の下か。

「俺は小田切一《おだぎりはじめ》。始末屋だ」

「へぇ、名乗ってくれるわけ」

「俺だけお前の名前を知ってるのは、フェアじゃないと思ってな」

　小田切はそう言いつつ、両拳をバキボキと鳴らす。彼の名乗りは、宣戦布告のようなものなのだろう。

「ふーん。不意打ちで降って来る割には、そういうのちゃんとしてるんだ。――でも、俺がフェアな戦いを望んでるとは限らなくない⁉」

　そう言い放つと同時に、神無はジャケットの袖に仕込んでいたフック付きのワイヤーを飛ばす。

　今は保護を求めて来た女子高校生を守るのが優先だ。正々堂々と戦っている余裕なんてない。

　小田切が怯《ひる》んだ隙に距離を詰め、深い一撃を喰《く》らわせようという目論見《もくろみ》だった。

　だが、小田切は神無の攻撃を完全に見切っており、自らに襲い掛かるフックをあっさりと受け止めてしまった。

「お前が望んでいなくても、フェアな戦いにしてやるさ！」

「わっ！」

小田切がフックを引っ張ると、その拍子に神無もまた引き寄せられる。

迫りくる小田切は、空いた方の手で拳を握っていた。神無は舌打ちをすると、懐からサバイバルナイフを取り出して、勢いを味方につけて斬り付けんとする。

「おっと、流石に痛い想《おも》いはしたくねぇ！　いくら回復が早いとは言えな！」

小田切はフックから手を放し、神無のナイフをひらりと避ける。空ぶった神無の脇に、小田切の膝蹴りが炸裂《さくれつ》しそうになるが、神無は身を翻してギリギリで避けた。

スピードは神無の方がわずかに上回っているが、小田切は次の一手を読むのが早い。

結果的に、互角の戦いだった。

（あっちの方が体力ありそうだし、まずいな）

神無は目を凝らす。

神無の異能は『暗殺』。その一環として、他者のどの部分に一撃を浴びせれば致命傷になるかが分かるのだ。

だが、小田切には特別な手ごたえを感じない。彼の弱点は、常人と同じく頸動脈《けいどうみやく》や心臓なんだろう。

気配を消す異能でアドバンテージを取ることも出来るが、そのためには、小田切の目をいったん欺き、死角に入らなくてはいけない。

だが、小田切の目的は神無ではない。神無がいなくなった瞬間、標的の少女を連れ去りに行くだろう。

「始末屋っていう物騒な名前が聞こえた気がするんだけど、捜している子を始末するわけ？」

「そいつはお前のご想像にお任せするぜ」

小田切は、神無の問いをさらりと避ける。見た目以上の食わせ者だ。

「きゃ……っ」

事務所の方から少女の悲鳴が聞こえる。

見ると、事務所前の階段を塞ぐように、黒いワゴン車が到着していた。

(しまった)

小田切の仲間がいたらしい。そう気づいた時には、神無はすっかり事務所から離れていた。

小田切がにやりと笑う。

「そうか。最初から俺を離すことが目的で……！」

「どうだかな。フェアな戦いをしたかったのは本当だぜ？」

神無は事務所に向かおうとするものの、小田切がその行く手を阻む。

一方、黒いワゴン車からは、小田切よりもずいぶんと貧相な男が現れた。あまり洒落《しゃれ》ているとは言えない眼鏡をかけ、目をほとんど隠してしまっている前髪は放置して伸ばしているようにしか見えなかった。

「おい、早くこっちに来い！」

眼鏡の男は階段をずかずかと降り、少女の下《もと》へと行こうとする。

だが、次の瞬間、炎が上がった。

「無粋な侵入者に火刑を！　――『火焔乱舞《エクスプロードイリュージョン》』！」

「ぎゃー！　熱い、あっつい！」

臀部《でんぶ》に火の粉をくっつけた眼鏡の男が、飛び跳ねながら地上に駆け戻った。

「ハジメ！　中に相方がいるじゃん！」

「あ、悪ィ。こっちに夢中になってたわ」

小田切は悪びれる様子もない。

「残ってるのは『吸血王子』だろ？　お前の穢《けが》れてない身体の血をくれてやったらどうにかならないのか？」

「やめろ！　童貞曝露《ばくろ》するな！」

眼鏡の男は悲鳴じみた声をあげながら、ズボンについた火の粉を叩いて消す。

そんな中、御影がぬっと姿を現した。

「生憎《あいにく》と、僕が必要なのは穢れた血――すなわち、咎人の血でね。見たところ、彼は咎人ではないようだ。残念ながら穢れなき血では、僕の渇きは癒せないよ」

「マジか。穢れなき男女の血を浴びて若さを保っているって情報、ガセだったのか」

小田切は真顔で驚いている。

「御影君のデマ情報ひど過ぎじゃない？　まあ、信じる気持ちも分からないでもないけど」

神無は思わず顔を引きつらせた。

「悲しいな。相棒にまでそう思われてしまうなんて」

御影は大袈裟《おおげさ》に顔を覆い、悲しむふりをする。

「でも、穢れなき血で若さが保てるかどうかは興味があるね。一つ、君の血で試してみても構わないかな……？」

眼鏡の男に向けて、御影が妖しく微笑む。眼鏡の男は蛇に睨《にら》まれた蛙《かえる》のように身を縮こまらせ、ぷるぷると首を横に振った。

かって叫んだ。

　御影に背を向けぬまま運転席へと乗り込んだかと思うと、眼鏡の男は小田切に向
「ハジメ！　撤退だ！」

「ああ？　なんでだよ。俺はまだ物足りねぇぞ」

「このまま人が集まったら面倒だ！　態勢を整える！」

「チッ、しょうがねーな」

　小田切は舌打ちをすると、神無に向かってひらりと手を振った。

「ってことで、勝負はお預けだな。楽しかったぜ」

「俺的には、面倒だからもう会いたくないけどね」

　神無は苦笑を漏らす。しかし、小田切は気分を害したりせず、「今行くぜ、霧島《きりしま》ァ」

と眼鏡の男に向かって叫んだ。どうやら、それが彼の名前らしい。

「覚えてろよ！　この恨み、絶対に晴らしてやる！」

　霧島はワゴン車に小田切を乗せると、路地を一目散に逃げて行った。

「騒々しい奴らだったな……」

「嵐のようだったね。さて、中に入ろうか」

　御影は、神無を事務所の中に促す。

霧島が言っていたように、路地裏には野次馬が集まりつつあった。それ以上の厄介ごとを持ち込みたくない二人は、早々に階段を下りて半地下へと引っ込む。

「あの霧島とかいう奴、御影君に脅されたのが相当ムカついてたみたいだね」

恨みなんて大袈裟な、と神無は笑うものの、御影は意味深長に微笑んだままだった。

「……なんか、すごく嫌な笑顔なんだけど」

「君は気付かなかったようだね。プロメテウスの炎が彼のズボンと下着を喰らったことに」

「……マジで？」

どうやら、彼の臀部についていた火の粉は布を綺麗《きれい》に焦がしたらしい。

「そりゃあ、恨みもするし慌てて逃げるわな」

「今頃、相方の彼に下着を買わせているかもしれないね」

「御影君、噂以上にヤバい奴だよね」

「咎人じゃない相手には、最も効果的な方法だと思って」

「咎人でも、ケツを丸出しにして戦うのは嫌だからね」

どうやら、御影なりに手加減したらしい。と言っても、霧島は精神的苦痛を味わったわけだが。

「それにしても、この立地が役に立ったね。彼らがここに再来する確率は低い」

「わかる」

路地裏とはいえ、池袋駅前の大通りが近いせいで、道幅も広ければ人通りも多い。あまりにも派手な立ち回りをすれば、たちどころに警察が来て騒然となるだろう。

「さて——と」

事務所に戻ると、少女は所長机の後ろに隠れながら様子を窺っていた。

「行きました？」

「ああ。彼らは追い払ったよ」

「やった！」

少女は目を輝かせて机の後ろから飛び出したかと思うと、明後日《あさって》の方を向いて叫んだ。

「雑ァ魚！　もう来ないでよね！」

「口悪っ」

神無は思わず叫んでしまう。

「おっと、失礼。助けてくれて有り難う御座いました」

少女は慌てて取り繕うと、二人に向かってぺこりと頭を下げる。

「まあ、お掛けよ。何があったのか、聞いても構わないかな」

御影は少女を来客用のソファに促し、自分は簡易キッチンにお茶を淹《い》れに行く。神無は手持ち無沙汰になってしまったが、少女が携帯端末を手にして目をキラキラさせるので、仕方なく被写体になってやった。

御影が淹れてくれたアールグレイティーを飲みながら、少女はぽつりぽつりと話し始める。

彼女の名は、百花《ももか》といった。

「色々と事情が複雑で、警察を頼り辛《づら》いんです。だから、神無さんのお知り合いの事務所で話を聞いてもらえないかと思って……」

「君がここに来たからぶっちゃけちゃうけど、俺もこの事務所で働いててさ。ただ、インスタでそう言うと事務所に用事がない人が来そうだから、ああいう風に書いたってわけ」

神無の説明に、百花は「ああー」と納得したような声を上げた。

「めっちゃわかります。実物見たくなりますもん」

「話の腰を折って悪いけれど、神無君は君達の人気者なのかな？」

御影は興味津々に尋ねる。

「なんでそんなの気にするわけ？」

「興味が湧くじゃないか。君にどういうニーズがあるか」

御影はあっけらかんとしている。

「そういうもんかな」

「よくぞ聞いてくれました！」

不思議そうな神無の言葉を遮るように、百花はテーブルの上に前のめりになる。

「神無さんが投稿するたびに、友達のグループLINEで話題になるくらいですからね！　写り込んだ手がエロいとか、鎖骨がエロいとか、流し目がエロいとか！」

「へ、へぇ……、ソウナンダ……」

興奮気味のうら若き乙女を前に、神無はドン引きだった。

百戦錬磨の彼であったが、未成年の歯《は》に衣着《きぬき》せぬ主張は受け入れ難いものがあるのだろう。

そんなことも気にせず、百花はしげしげと神無を見つめる。神無は顔を引きつらせつつ、そっと彼女から目をそらす。

「それにしても、写真を全然加工してないんですね。想像の一億倍イケメンじゃないですか。いや、しかし、存在そのものがエロいなぁ……」

「一億倍は盛り過ぎじゃない……？　それに、なんていうか、表現が直接的すぎるっていうか……」

成人した異性ならともかく、未成年に連呼されると対応に困る。

「ふふっ、見目麗し過ぎて取り乱しそうだということだね」

御影は微笑ましげにそう言った。「物は言いようだね……」と神無は呻《うめ》く。

「御影さんも！」

「なんだい……!?」

百花は前のめりのまま横移動し、両眼をくわっと見開いた。

「美人過ぎて目が潰れるくらいですからね!?　その白いお肌、露出補正一〇〇じゃないですか！」

「御影君の肌、白飛びしてるってさ……」

「う、ううん……」

一気にまくし立てる百花を前に、神無と御影は遠い目になる。

「はーっ、イケメンと美人に囲まれて眼福の極みですよもう。至福過ぎて寿命が延びる。いやでも、この世にこんな楽園が存在していいわけがない」

百花はひとしきりそう言った後、ハッと我に返った。

「まさかここは極楽――死後の世界……!?」

「生きてる生きてる」

「生憎と、僕達は釈迦如来《しゃかにょらい》とは反対の存在でね」

神無がツッコミを入れ、御影が苦笑する。

「でも、君は死後の世界を連想するほど危険な目に遭ったし、遭いそうになっている。違うかな?」

「それは――」

話を戻された百花は、急にしおらしくなってソファに座り直した。

百花はアールグレイティーを一口含んだかと思うと、覚悟を決めたようにこう言った。

「お願いです。明日の午前七時に羽田空港まで行かなくてはいけないんですけど、私を護衛して下さい」

百花に頭を下げられた御影と神無は、顔を見合わせる。

「羽田空港に? なんで?」

旅行にでも行くような雰囲気ではない。神無は訝しげに尋ねた。

「人と、待ち合わせをしているんです」

「誰と？」

「私の父――西園寺康作《さいおんじこうさく》です」

西園寺の名前が出た瞬間、御影は神無を小突いた。

「神無君、検索して」

「俺はアシスタントアプリじゃねーし。自分で調べなよ」

「君の方が早いんだよ」

「へいへい。人使いの荒い所長サマだよ」

神無はそう言いつつも、携帯端末で調べる。

「あれ？　製薬会社の社長サンじゃん。しかも超大手の」

「やはり、そうだったか。名前を聞いたことがあると思ったよ」

御影は、神無の携帯端末を覗き込みながら言った。

「つーか、社長令嬢ってやつ？」

神無が百花の方を見やると、百花は首をふるふると振った。

「私はただの、愛人の娘です。西園寺さんが認知していなかった隠し子――ってやつですね」

百花は乾いた笑みを浮かべた。己の出自に対して、自嘲的でもあった。

彼女の話はこうだ。

百花はシングルマザーのもとで育てられた。父親が誰かも知らず、生活が苦しいながらも、おおよそ一般的な少女として成長した。

だが、ある日、母は病死してしまった。母は病床で、百花の父親が西園寺康作であることを明かし、西園寺を頼るよう言い残した。親戚とは疎遠だったため、頼れる相手は遺伝子上の父親しかいなかったのだ。

そして百花は、母親が遺《のこ》した『証拠』を持って西園寺に会いに行った。会うまでに数々の苦労をしたが、対面した後はすんなりと自分の子どもだと認めてくれた。

「それまでは良かったんだけど、それ以来、あいつらに狙われるようになったんです」

「さっきの、始末屋ってやつ……？」

神無の問いに、百花は頷いた。

「父の社内は幾つかの派閥に分かれていて、父を失脚させたがっている人達が私を狙っているのではないか、ということでした」

「始末屋と名乗っていたようだけど、君を誘拐しようとしていたしね」

「彼らを雇った人は、恐らく私が持っている『証拠』を欲しているのだと思います」

「一体、どんな『証拠』なんだい？」

「西園寺さんの裏取引先情報です。私はそれを、全て知っています」

百花の言葉に、御影と神無は息を呑む。

「な、なんでそんなこと知ってるわけ？」

「父とともにいる時、母が偶然、父の端末に映っていた情報を目にしたそうです。そこに列挙されていたのは、表に出ていない取引先ばかりでしたし、知らない会社の名前や大物政治家の名前もありました。母は記憶力がいい人だったので、それを全部覚えていたんです」

「こわっ……。社長サン、迂闊《うかつ》過ぎでしょ」

神無は身震いをする。御影は、「成程ね」と相槌《あいづち》を打った。

「君の母親は、かなりの切れ者だったようだね。それを公表すると強請《ゆす》って養育費を出してもらうことも出来たはずだ。でも、そうすることなく、ここぞという時に娘のための切り札にした……」

「うーん……。でも、身体を壊しちゃうくらいだったら、強欲になっても良かったと思うんですけどね……」

百花は、寂しそうに笑う。

「まあ、その情報は下手に使えるものでもないし、切り札にせざるを得なかったのかもしれないけれど」

実際、その情報のせいで百花の身が危うくなっている。娘の身を案じて、母親が胸にしまっていたのかもしれなかった。

「んで、明日は西園寺サンと合流するから、そこまで護衛をして欲しいってわけね。しかし、なんで羽田空港？」

神無の問いに、百花はややあって答えた。

「私の身を案じた父が、私の逃亡先を用意してくれたみたいで。しばらくの間、遠いところで身を隠すことになりそうですけど、学校やら自宅やらの諸々《もろもろ》の手続きは、全部父がやってくれるそうです……」

「そっか。学校も……」

学校は退学扱いになり、自宅も手放すことになるのだろう。

神無は、百花が寂しそうに俯《うつむ》いているのに気づいた。

彼女は先ほど、学校の友人の話を楽しそうにしていた。家庭環境が複雑なものの、友人達とは上手くやれていたのだろう。

だが、そんな友人達と別れなくてはいけないのだ。しかも、連絡を取り合えるかどうかも分からないところへ。

神無は、自らの高校時代を思い出す。

神無の家庭環境は最悪だった。心身ともに暴力的な母親や、彼女が連れてくる低俗な男達から逃れられる場所は、学校だった。

友人達とは、それなりに上手くやっていた。あの頃は髪も染めずピアスもつけていなかったので、裏社会とは一生無縁そうな友人も多かった。

「神無君？」

気がつくと、御影が心配そうに顔を覗かせていた。

「あ、ごめん。若い頃を思い出してた。おじさんの気分になってたわ」

「こらこら。君がおじさんなら、僕はおじいさんになってしまうよ」

御影は苦笑する。しかし、すぐに百花に向き合った。

「事情は大体呑み込めたよ。公共交通機関を使えば常に人目にさらされて、彼らも狙い難《にく》くなるかもしれないけど、彼らが人込みに紛れてしまってはどうしようもないからね」

「あー、確かに。物陰もいっぱいあるし、群衆に紛れて近づいて、捕まえたら物陰に隠れて……なんて出来そうだもんね」

神無もまた、御影とともに思案する。

彼らは人目を避けたがるため、雑踏に紛れるのは良い手段だが、空港行きの公共交通機関は人が密集するため、彼らを近づけることになりかねない。

「それについては、車で移動することになっているんです」

「えっ？」

そわそわと外を窺う百花に、二人は目を瞬かせた。

百花の携帯端末にショートメッセージが入る。百花は、困り顔でそれに返信すると、ため息を吐いた。

「遅いと思ったら……。どうやら、入り口が半地下だって分からなかったみたいです」

「誰か来るわけ？」

「ええ。協力者が」

すると、ほどなくして、ぱたぱたと間の抜けた足音が扉の外から聞こえて来た。

「すいません……」

小さく遠慮がちな声だ。

神無は腰を上げると、新たなる客を招かんと扉を開ける。

「あんたが協力者？」

扉の向こうから現れたのは、やけに腰が低い男だった。

「百花様から事情をお聴きしたんですね。その、私は神谷《かみや》と申します」

量産型のスーツを着込んだ、どこにでもいそうな若い男だった。少なくとも、神無はそんな印象を受けた。

「神谷さん、遅いです！　何のために、父があなたを私に寄こしたと思ってるんですか……！」

「いやはや、面目ありません……」

非難する百花に対して、神谷はただ日本人にありがちなビジネススマイルを貼りつかせ、ぺこぺこと頭を下げる。

神無と御影に対して、神谷は自らの名刺を差し出した。彼はどうやら、社長秘書の補佐らしい。

百花いわく、西園寺は護衛として神谷を寄こしたそうだ。神谷は多少の格闘が出来、ドライバーとしても頼りになるとのことだった。

「多少の格闘が、ねぇ……」

神無は、遠慮がちに百花の後ろに立つ神谷を見やる。着込んでいるスーツのせいで体型が分かり難いが、身長は御影よりも多少高いくらいか。

よく頭を下げるし、型にはめたような笑みを貼りつかせているが、隙だらけなわけではない。

(よく分からないな)

それが、一番しっくり来る表現だった。

神谷という男と対峙《たいじ》した時、神無はどう攻めていいか分からなかった。隙が無いというよりも、隙がよく分からないのだ。

「失敬」

御影はそう言って、神谷を見やる。

「林檎がお好みなのかな？」

「えっ」

神谷は目を丸くする。

「熟した林檎の甘い香りがしたような気がしてね」

「ああ、すいません。フレグランスがご不快だったようで……」

神谷は袖口を押さえ、申し訳なさそうに頭を下げた。

「いや、失礼。そういう意図はなくてね。むしろ、良い御趣味だ」

「それは恐縮です」

二人のやり取りを、神無は奇妙な気持ちで眺めていた。

林檎の匂いなんてしなかった。御影の嗅覚が優れているから捉えられたのかもしれないが、獣の嗅覚でしか捉えられない程度の香りならば、フレグランスとして意味がないだろう。

何かがおかしい、と神無は思った。しかし、その何かを探ろうとすればするほど、この神谷という男の前では曖昧なものにしかならない。

「私がお嬢様を社長のもとまでお送りする予定だったのですが、今も、あの襲撃者達に後れを取ってしまって……。護衛をして下さるなら心強いです。ご希望の報酬額もお支払いしますので」

前金はこれくらい、と神谷が提示して来たのは、実にそつのない金額だった。

「ふむ、それだけ頂けるのならば喜んでお引き受けしましょう」

御影は神谷を依頼人の一人として認識したようで、言葉遣いを改める。

「いいね、神無君」

「おっけー。女の子に頼られたら断れないでしょ」

神無は手をひらりと振る。

神谷が正式な依頼をしたとはいえ、依頼を持ち込んだのは百花だ。無力な女子高校生が咎人に狙われているのを、見過ごすことは出来なかった。

百花は、ほっとしたように胸を撫で下ろす。

「有り難う御座います。お二人がいれば、無事に父のところまで行けますね」

「まあね。俺達、良いコンビだし」

ね、と神無が御影に振ると、「その通り」と御影は微笑み返した。

「戦力的には、今のところこちらの方が有利のようだ。あちらに協力者が現れない限り、追撃は凌《しの》げるだろう」

小田切は咎人のようだが、霧島は違うようだった。恐らく、小田切のサポートをしているのだろう。多少の荒事には対処出来るかもしれないが、戦闘に特化した御影と神無の敵になるとは思えない。

今のところは、御影が言うように有利だ。あちら側に増援さえなければ。

「お二人とも、どうか宜《よろ》しくお願いします!」

百花は勢いよく頭を下げる。神谷もまた、つられるように「お願いします」と頭を下げた。

「大丈夫、任せてよ」と神無は笑う。

すると、百花は目を輝かせながら頭を上げた。

「なんて頼もしい！　神無さんは、あの強面《こわもて》の男をセクシーに倒して下さったんですよね！　あー、その活躍を動画で撮ってアップしたかった……！」

「『セクシーに』って、『華麗に』の亜種……？」

神無が顔を引きつらせながら尋ねるが、百花は既にセクシーな神無の妄想に浸っていた。もはや、倒せていないというツッコミは受け付けないだろう。

「御影さんの活躍は、机の後ろから拝見しました！　なんか漫画みたいな呪文を唱えて、炎をバーッと出してカッコ良かったです！　あれって、火炎放射器をそのヴィジュアル系みたいな衣装の中に仕込んでいるんですか？」

百花は華麗な装飾が施してある御影の袖口を、不思議そうな目で見つめる。

「それが本当なら、火炎放射器を使う時にわざわざ呪文を唱える痛い奴じゃね……？」

「そもそも、火炎放射器なんて大きな装備、この服には仕込めないからね……」

神無と御影は、揃《そろ》って遠い目になった。百花のような一般人には、イリュージョンのように見えたらしい。

「カッコいいじゃないですか！　火炎放射器で社会の汚物を消毒するヴィジュアル系

と、ともに活動しているインフルエンサー！　まさに次世代のダークヒーローですよ！」

「なんかこう、設定が取っ散らかってない？　ダークヒーローのインフルエンサーって、カッコいいかな？」

神無は腑に落ちなかったが、百花が元気そうならばそれでいい。親の都合で過酷な運命を背負わされた少女が、笑顔でいられるならば。

「そうだ」

百花はハッとして手を叩く。

「荷物をまとめなくちゃ。私の私物は少ないけど、新しい家に持って行くものを買いたいんです」

百花は、神谷にそう振った。

「確かに。お嬢様の新居はここから遠く離れた場所ですし、何より田舎ですからね。東京にいるうちに、買い物を済ませた方がよろしいかと」

神谷の同意を得られた百花は、神無と御影に向き直った。

「それじゃあ、早速お願いします」

「何が？」

唐突な発言に、神無は思わず目を丸くする。

「護衛ですよ。あの人達はまだ池袋に潜伏してるかもしれませんし」

「あー……」

神無は納得した。つまりは、買い物に付き合ってくれということか。

「いいじゃないか。池袋で憧れのインフルエンサーと思い出作りだなんて」

「完全に他人事《ひとごと》の顔してるけど、御影君も一緒だからね？」

微笑ましげな御影の脇腹を、神無は小突く。

「では、私は諸々の手配を致しますので」

神谷はぺこりと頭を下げ、神無と御影に百花のおもりを丸投げする。

「まずはサンシャインに行きましょう！　その後はパルコ……ううん、アニメイト？」

「百花ちゃん、アニメ好きなんだ」

何気なくそう言った神無だが、百花はテーブルをばんと叩いて前のめりになった。

「アニメイトはアニメのグッズだけ売ってるわけじゃありません！　ゲームのグッズもあるんです！」

「そ、そうなんだ。悪いね、あんまり縁がないから……」

神無は謝罪するものの、百花は既に心ここにあらずだった。

「私がプレイしているソーシャルゲームのコーナーがあるので、そこで推しのアクスタを買っておかないと……」

「アクスタってなんだっけ。あのプラスチックの人間？」

透明な板に人物が印刷されているもの、という認識は神無の中にもあった。しかし、百花は首を激しく横に振る。

「アクリルスタンドです！　プラスチックではなく、アクリル！　見た目も美しく収納も楽で手入れもし易《やす》いという、推しを持つ者のマストアイテムですよ！　神無さんも推しが出来たら、是非、アクスタをお迎えください……！」

「えぇ……ううん……」

百花の迫力に負けて、神無は曖昧に返事をする。

「宗教におけるイコンのようなものかな。それは確かに重要なものだろうね。何より、遠く離れた見知らぬ土地での心の支えになるだろうし」

御影は彼なりに納得していた。

「流石は御影さん！　そうです。推しは人生の支え！　推しを感じることで日々の生活が豊かになり、嫌なことも忘れられますからね」

百花は拳を振り上げて力説する。そんな彼女の様子は、生命力に満ち溢れていた。

いや、そうあろうとしているのかもしれないと、神無は気付いた。

自分の出自のせいでその身が危うく、せっかく友情を築けた者達とも離れ離れになってしまう。安全な場所が用意されているとはいえ、自由に東京に来れるわけではないだろう。

その逃亡生活が何年続くのか。本当に安全は保障されるのか。百花の不安は尽きないに違いない。

だからこそ、気丈に振る舞っているのだ。不安に呑み込まれないようにと。

そんな健気《けなげ》な彼女に、神無も腹を括《くく》る。

「まあ、百花ちゃんにとって大事な場所ならば、俺達は付き合ってあげるよ。プラスチックの人間を買いに行くのだって構わないし。ね、御影君」

「それは勿論のことだけど、アクリルスタンドだよ、神無君」

御影は笑顔で訂正し、百花は「まだ分かってませんね！　分かるまで説明しますね！」と興奮気味にアクリルスタンドの説明を始める。

都心の半地下にある事務所は、しばらくの間、和気あいあいと賑《にぎ》やかであった。

2

Criminal Stigmata

切り裂きジャックとカインと始末屋

百花《もか》の護衛は、御影《みかげ》と神無《かんな》に一任された。神谷《かみや》は明日の準備があると言って、姿を消してしまった。

「そういうテキトーな感じでいいわけ？」

神無達が向かったのは、サンシャインシティだった。百花はそこで、洋服を買いたいらしい。

「男三人で少女を囲っていたら目立つからね。そういったことも配慮しているのかもしれないよ」

百花を挟んだ反対側から、御影が言った。

平日の午後、サンシャインシティはファミリーと学生で賑わっていた。そんな中、道行く人々は必ずと言っていいほど振り返る。

「俺らだけでも目立ってない？」

「神無君の赤い髪が、あまりにも美しいからじゃないかな？」

「上手いこと言って俺に責任を押し付けようとしているんだろうけど、御影君の方が目立つからね」

神無は小突く代わりに、呆《あき》れたような視線を送ってみせる。御影のゴシック調の服装や繊細な白髪、そして眼帯は遠目でも目を引く。

「いえいえ。お二人がお美しいからみんなが振り返るんですよ！」

百花は拳を握って力説する。

「褒めてくれるのは嬉《うれ》しいけど、目立ったら意味なくない？」

「寧《むし》ろ、お二人の美しさに比べたら、私なんて月と鼈《すつぽん》ですし。灯台下暗しってことで逆に目立たないと思うんですよ」

「そんなことないと思うけど⁉」

神無は目を剝く。

実際、百花は可憐な少女だ。目がぱっちりとしていて美少女と言っても申し分ないし、道行く男子は百花に視線を向けている。

「確かに」

御影は、アパレルショップの前で唐突に立ち止まる。

「僕達が目立つのはともかくとして、君が目立つのは避けなくてはね。特に、始末屋の標的になっては危険だ。明日の待ち合わせには、君だと分かり難い服装で行くといい」

御影が手にしたのは、白いつば広帽子だった。無垢な色のそれに、百花はパッと表情を輝かせる。

「えっ、素敵ですね。あんまりそういう帽子を被ったことがないので新鮮です！」

「帽子で目元を隠せば印象が変わるからね。君の愛らしい双眸が見えなくなってしまうのは残念だけど、ミステリアスな女性を演出して新たなる君の魅力を引き出そう」

「みすてりあす……」

百花は緊張気味に頷く。

その傍らで、御影はテキパキとつば広帽子に似合うワンピースを見繕っていた。

「百花嬢のサイズは、見たところこの辺りかな。フレアスカートのワンピースで重心のバランスを取ろうか。これならば、ソックスと靴も揃えた方がいいだろうね。予算を伺っても？」

「父から沢山預かっているので、その辺は問題ないです」

あまりにも手際がいい御影に圧倒されつつ、百花はこくこくと頷く。

神無は完全に、蚊帳の外だった。

「やべーな。アパレルショップの店員並みの行動力じゃん……」

戦慄すると同時に、安心もした。

神無は女性の扱いに慣れていたが、それは飽くまでも、成人女性についてだった。未成年の女子に彼女達と同じように接するのには、躊躇《ためら》いがあった。

しかも、相手は女性一人。男二人に囲まれて居心地が悪くないかと心配だったのだが——。

「百花ちゃんと御影君、完全に女子二人の買い物だわ。俺が入る余地がないし……」

アパレルショップの近くにあるカプセルトイコーナーにでも行ってようかと思う神無であったが、首を横に振って思いとどまる。

今は、百花の護衛をしているのだ。単に、買い物に付き合わされているわけではない。

「神無君、手持ち無沙汰になっているのなら、僕達が選んだコーデに感想でもくれないかな？」

「それくらいなら出来るけど、俺は女子目線になれないからね。百花ちゃんのコーデはオトコに見せたいわけじゃないでしょ」

御影の依頼に、神無は難色を示す。

神無のファッションが異性のためのものではないように、彼女のファッションも異性のためではなく自分のためのもののはずだ。

「一人の人間としての感想をくれればいいさ。僕達とは違う目線の人間の意見は参考になるからね」

「あー、そういうこと」

神無は納得すると、御影が選んだ白い袖なしワンピースを身体に当てる百花へと身体を向けた。

「うーん。袖なしのワンピースだと、荒事に巻き込まれた時に怪我《けが》しやすくない？　出来る限り守るつもりだけど、百花ちゃん側でもある程度は自分を守って欲しいっていうか……」

「はわわ、心優しき戦う殿方目線頂きました……っ！」

百花は胸を押さえ、「尊い」と呻く。神無は色んな意味で心配になった。

「成程。神無君の意見は一理あるね。君に聞いてよかった。僕はつい、彼女に似合うコーデを探すのに夢中になってしまってね」

「俺らの役目、ショッピングの荷物持ちじゃなくて護衛だよね？」

完全にショッピングを楽しんでいる御影に、神無はツッコミを入れる。

「失敬。危うく忘れるところだったよ」

「つーか、俺の買い物に付き合ってる時より、楽しそうじゃない？」

神無は時々、御影を買い物に付き合わせる。服選びに悩んだ時、ハイセンスな御影の意見を参考にしたいからだ。

「俺と一緒の時は、具体的なことは言わないくせに」

「なんですかそれ、詳しく」

百花はずいっと前のめりになる。

「聞いてよ。御影君ってば、俺が何を選んでも『素敵だよ』しか言わねぇの」

「それは、本当にどれも素敵だと思っているからだよ」

御影はさらりと弁解する。

「あとは、僕の守備範囲かどうかが問題だね」

「あー……、御影君は少女趣味だしね」

神無は、御影がレースやフリルを好んでいたことを思い出す。今も、数々の服からそれらが多く用いられたものを選んでいた。

「その通り。自分の好みだと、自然と気合が入ってしまうものなのさ」

「御影さんって、可愛いのがお好きなんですね。それじゃあ、今着ているお洋服のレースは高級感を出しているんじゃなくて、可愛さを出しているっていう……」

御影の手作りの衣装を、百花はしげしげと眺める。

「その通りだよ。あまり周囲の理解が得られなくて」

御影は大袈裟な仕草で嘆いた。

「御影君は見た目がロイヤルだから……」

「それは分かります……。近寄り難い美人さが、高級感に拍車をかけているのかと」

「僕は親しみやすいキャラクターになりたいんだけどね」

親しみやすさとは程遠い御影は、困ったように笑った。

それから紆余曲折《うよきょくせつ》ありつつも、待ち合わせ当日に着る百花の服が何とか決まった。

荷物は神無が持ち、推しのアクスタとやらを手に入れるためにアニメイトへ向かう。

「うわっ、めちゃくちゃ人がいるんですけど」

アニメイトに入った途端、神無が目を剝く。

アニメ関連のグッズや雑誌が、店内に所狭しと並んでいる。通路は狭いわけではないはずだが、人があまりにもごった返していて身動きを取るのも難しい。

「今日はお客さんが少ない方ですよ。休日なんてもっと多いですから！」

百花は気合充分で、人々をかき分けて店内へずんずん進む。その後に、神無と御影が続いた。

「しかも、女の子率高っ……」

「池袋はアニメ好きの女性が多く集まる地だからね。男性向けアニメ好きが集まる秋葉原とは双璧を成す存在なのさ」

「いや、その辺は何となく知ってたけどさ。それにしたって、すごい熱気だよね」

店内にいる客のほとんどは、目をキラキラさせながら棚に陳列されたグッズを眺めている。目当てのグッズを見つけて盛り上がる集団や、早口で熱く語り合う二人組などもいた。

百花はゲームグッズを扱っているフロアに向かい、迷うことなく自分が探しているグッズの棚へと突き進んだ。

「あった！　ありました！　ちょっと待っててくださいね。これ買って来るんで」

百花は、物凄《ものすご》い勢いで数枚のアクリルスタンドをカゴの中に放り込む。どうやら、同じキャラクターの違うバージョンのアクリルスタンドを一枚ずつ購入するつもりらしい。

「へー。確かに、プラスチックよりも頑丈だね。インテリアに向いてるかも」

神無はアクリルスタンドを手に取ると、しげしげと眺める。

「神無さんもお一つどうですか？　私の推しなんですけど」

「うーん……」

百花に釣られて手に取ってしまったが、描かれていたのは髪を金に染めた危険な目つきの男性キャラクターだった。

「どうだろうね……」

神無は、曖昧に返事をしながらそっと棚に戻す。

「へぇ、百花嬢は危うい雰囲気の異性がお好みなのかな？」

神無が棚に戻したアクリルスタンドを眺めつつ、御影が言った。

「そうなんですよ。触れたらナイフみたいに切れる危険なイケメンはいいですよね。因《ちな》みにそのキャラクター、殺人鬼なんですけど」

「ふ、ふーん……」

神無はそっと目をそらす。

「神無さんも危険なオトコって感じでいいですよね。あっ、殺人鬼っていう意味じゃなくて、飽くまでも雰囲気的な意味ですけど」

「そう……。因みに、百花ちゃんは危険なオトコとは付き合いたいわけ？」

「えっ、それはないです。ゲームと現実は違いますから」

百花はさらりとそう言うと、「お会計してきますね！」とレジへ走り去って行った。

その場に残された御影は、神無の肩をポンと叩く。

「……がっかりしたかい？」

「いや、安心した。殺人鬼と付き合いたいとか言われたら、マジで心配するところだったわ」

「君が良識のある大人で嬉しいよ」

流石に殺人鬼キャラを愛好するだけあって、百花の直感は正しかった。神無もまた、殺人鬼だったからだ。

神無自身は、己の罪は忌むべきものだと思っていたし、誰しもがそうであって欲しいと願っていた。だからこそ、咎人《トガビト》でない者達には心の壁を築き、こちら側に踏み込ませないようにしていた。

百花もまた、例外ではない。

彼女には普通の人生を歩んで欲しかった。汚れたこちら側に関わらないで欲しかった。

己の罪を悔いている神無からは、自分が好かれようという気持ちは消えていたのだ。

「百花ちゃんに、咎人のことを説明しなくてもいいのかな。始末屋達と戦うことになったら、彼女の前で異能を使うことになるでしょ？」

「必要になった時にでも、教えてあげるといいさ。咎人の存在を認知させるということは、彼女を少なからず巻き込むことになるわけだから」

「……そうだね。ただ、パニックにならないか心配でさ」

「彼女は君が思っているより大人だよ。混乱して僕達の手を煩わせることはないさ」

御影の目には確信が宿っていた。それを見た神無は、続く言葉を呑み込まざるを得ない。

「神無さん、御影さん、終わりましたー！」

会計を終えた百花は、青いショッパーを持って手を振っていた。

「さて、行こうか。お嬢様がお待ちだよ」

「だね。彼女を待たせないようにしなきゃ」

御影と神無は手を振り返すと、百花の下へと急いだのであった。


駅前に着いた頃には、既に日が傾いていた。

池袋駅前の雑踏は、舗装された地面が見えないほどだった。会社や学校などから帰宅する人々と、夜の街に繰り出す人々でごった返している。

ネオンが地上を明るく照らし、浮かぶ月に負けじと輝く。それでも夜の闇を完全に払い切れず、客引きがコウモリのように道行く人々に声をかけていた。

闇に紛れて寄ってくる者達から百花を守るように歩きつつ、神無はぽつりと尋ねた。

「百花ちゃんの家って、この近くなの？　俺達が家の周りを見張っておこうか？」

「大丈夫です。夜は神谷さんが警護してくれるので」

「そうなんだ。まあ、知らないオトコよりも親父《おやじ》さんの秘書補佐の方がいいか」

「それでも、戦力的に心許《こころもと》ないからね。僕達が交代でつこう」

「えっ、本当ですか!?」

御影の申し出に、百花はパッと表情を輝かせた。

だが、すぐにそれを振り払う。

「でも、流石にそこまでお願いするのは申し訳ないっていうか……」

「いいって。神谷サンが提示してくれた報酬なら、全然問題ないし。っていうか、それを差し引いても百花ちゃんに何かあったら、嫌だしさ」

「……有り難う御座います」

百花ははにかむような顔で礼を言う。そんな百花に、御影はにっこりと微笑んだ。

「帰宅する前に、ディナーでもどうかな。遅くならないように努めるから」

「そ、そんな、悪いです。こんなに付き合ってもらったのに……」

「いいんだよ。ともにいる時間が多ければ多いほど、君は安全だからね。そして、君を無事に送り届けることが、僕達の仕事の成功に繋《つな》がるんだから」

「それじゃあ、お言葉に甘えて……」

遠慮がちな態度の百花であったが、表情は喜びが隠しきれていなかった。嬉しそうに微笑む彼女を見て、神無もまた胸が温かくなる。

一行は、百貨店のレストラン街へと向かう。スペイン料理店に半個室があったので、そこに決めた。

「それにしても、ずいぶん買い物したよね。百花ちゃんの他の荷物って、もうまとめたの？」

神無は、百花の隣の席を占領するショッパーの山を眺める。

「まだですけど、家具は引っ越し先に用意してあるので、トランクケースひと箱に入るほどになるかと」

「ふーん、そんなもんなんだ」

神無は腑に落ちない。家具一つにだって、思い入れはあるだろうに。

「引っ越したことすら悟られないように去らなくてはいけないからね。だから、身一つのような状態なんだろうね」

御影はそう補足した。もはや、夜逃げと変わらないのだ。

その後、人数分のパエリアを注文すると、御影は携帯端末を手にして席を立つ。

「失礼。家のものに連絡をして来て構わないかな」

「ヤマト君に？　それは必要でしょ。行ってらっしゃい」

神無は御影を見送る。

御影の背中が見えなくなると、神無は百花に向き直った。

「ヤマト君ってうちの執事。遅くなるって言っておかないと心配するからさ」

「執事さんがいらっしゃるんですね！　すごいなぁ」

可愛い黒猫だよ、と自慢しそうになるのを、神無はなんとか堪《こら》えた。二足歩行して人語を喋《しゃべ》る黒猫が執事をしているだなんて、表社会の人間には話せない。

「家のことをやってくれる人って、ちょっと憧れですね。母が働いていたので、家のことは基本的に私がやってましたし」

「そっか……。大変だったね」

「仕方ないですよ。母も働きづめで疲れて帰ってきますし、せめて家のことぐらいはと思って。でも、新しい家にはコンシェルジュさんがいるそうなので、ちょっとだけ頼もしいです」

「コンシェルジュってことは、タワーマンションか何か？　集合住宅に常駐の誰かがいるのって、いいよね。住民同士のトラブルがあっても相談出来るし」

神無が今まで住んできた家は、いずれも集合住宅であったが、コンシェルジュも管理人も常駐していなかった。だから、何かあった時は管理会社に問い合わせなくてはいけないし、一から事情を説明しなくてはいけないので手間だった。

百花はこれから一人暮らしをするのだろうし、近くに頼れる大人がいるのならば少しは安心だ。

だが、百花は表情を曇らせながら曖昧に笑い返す。

「それが、どんな住まいかは分からないんです。コンシェルジュさんがいたり、景色が良かったり、素敵なところだとは聞いているんですけど」

「そうなんだ……。でも、引っ越し先を秘密にしなきゃいけないとはいえ、本人にまで秘密にする必要なくない？」

「私から漏れるのを恐れているのかも」

「うーん。それじゃあ、飛行機のチケットは？」

その行先から大凡《おおよそ》の場所は絞れるだろうと思った神無だが、百花は首を横に振った。

「当日、待ち合わせた父から直接渡されるそうです」

「はーん、徹底してンな……」

神無は思わず、呆れたような声を出してしまった。

要は、自分の娘に対して信用していないのだ。あまりにも身勝手で、百花の気持ちを考えない仕打ちではないか。

普通に健気に生きてきた少女は、父親の庇護《ひご》と引き換えに、それまで積み上げた家庭や友人との思い出を捨てさせられるというのに。

神無は、己の苛立《いらだ》ちが募るのを感じていた。

父親に捨てられ、母親から拒絶されてきた彼は、百花の境遇が他人事のように思えなかったのだ。

「百花ちゃんさあ、親父が身勝手だと思わないわけ？」

気付いた時には、そんな言葉が口をついて出ていた。神無は慌てて口を噤《つぐ》むが、もう遅い。

しかし、百花は聞き慣れた風に苦笑してみせた。

「そう思うことがないわけではありません。母との関係だって褒められたものではないし、こちらが動かなければ、父は私を認知すらしなかったでしょう。でも——」

百花は、深呼吸するように間を置いて続けた。

「私は父を信じます。だってもう、私には父しかいないですし」

高校生が一人で生きるのは難しいことを、神無もよく知っていた。だから、高校を卒業してから家を出たのだ。

それに、百花は若い女性だ。彼女によからぬことをさせようとする輩は、後を絶たないだろう。

百花は笑顔を作っていたが、テーブルの上にある手はわずかに震えていた。

彼女は、不安で仕方がないのだ。だが、そんな本音を押し殺し、自らの運命に身を委ねている。

それしか、選択肢はないから。

「百花ちゃん……」

「それに、親は子どもを愛するものだと聞きました。子どもは親の無償の愛を注がれるものだと。父が私を愛しているのなら、私はそれに応えようと思うんです」

「そういう……ものなのかな」

神無は、己の首筋がチリッと痛むのを感じた。聖痕《スティグマ》が疼いているのだ。

いけないと思って、手のひらでそっと隠した。

「って言っても、父の本当の気持ちなんて分からないですけどね。親の愛情の話だって、人から聞いた話ですし」

百花は肩を竦める。

「愛されていると、いいね」

神無はそう言うので、精いっぱいだった。

百花の言うことが本当ならば、暴力的な自分の母親も自分を愛していたのだろうか。そうだとしたら、自分はその愛に応えるべきだったのだろうか。

本当に、親は子供に無償の愛をくれるのか？

自分を罵り、拒絶したことも、愛情の裏返しというのだろうか。

聖痕が、チリチリと焼け付くように痛む。このままでは、掻《か》き毟《むし》ってしまいそうだ。

御影が教えてくれる愛は、もっと温かく包み込まれるようなものだ。

それとも、御影が惜しみなく注いでくれる愛と、親から与えられる愛は全く異なるものなんだろうか。

それよりも、もし百花が神無と同じ立場だとしたら、親の仕打ちも甘んじて受け入れるつもりなんだろうか。

「神無君」

いつの間にか、御影が席に戻って来ていた。御影の声を聞いた途端、聖痕の疼きが嘘《うそ》のように消える。

「御影君……」

いるなら言ってよ、と言おうとしたものの、自分の声があまりにも掠《かす》れていて驚いた。向かい席の百花に至っては、心配そうにこちらを見つめている。

「大丈夫ですか、神無さん。汗びっしょりですよ」

首筋を押さえていた手のひらは、汗で濡《ぬ》れていた。額を拭うと、汗で前髪が張り付くのを感じる。

「いや、大丈夫。ごめんね、汗臭くて」

冗談交じりで笑う神無に、百花は首を横に振った。

「いいんです。むしろ、グッドスメルなので」

「未成年の女の子がその発言するとマジでヤバい感じがするから、新天地では控えめにした方がいいよ……」

「心地よい香りだよ、神無君」

「それはセクハラ」

隣に腰掛ける御影に、神無はすかさずツッコミを入れた。

「何やら盛り上がっていたようだけど、新天地についてかな？」

御影は自然な流れで、やんわりと話題をそらす。百花も気にした様子はなく、「そうです」と頷いた。

「行き先を教えられてないので、ちょっと心配で」

「ふむ、その通りだね」

「あんまり遠いと寂しくなりますし。まあ、私の境遇を考えると遠い方がいいんですけど。外国だったら、英語が苦手だから困るな……」

「羽田だし、国内じゃない？　ああ、でも、国際線も通っているんだっけか」

羽田空港をほとんど利用しない神無は、なけなしの知識をなんとか手繰り寄せる。

「百花嬢が身を守る術《すべ》を身につけているか、ボディーガードがつくのなら海外もあり得るね。けれど、単身で向かわせるならば、国内のほうが目が行き届いていいかもしれない」

そんな話をしていると、ウェイターが三人分のパエリアを持ってきた。

エビや貝がふんだんに盛られたパエリアは、湯気をほこほこと立てながら三人の鼻孔をくすぐる。

「百花ちゃん、国内だったらどこがいい？」

ぷりぷりのエビをフォークで突《つつ》きながら、神無が問う。

「うーん。熱海ですかね」

「渋いなー。温泉が好きなの？」

「はい。熱海って、温泉を楽しめる個人宅もあるんですよ」

「マジで？　昭和のリゾート地っていうイメージが強かったけど、侮れないな」

「そういうところだから、バブル時代のリゾート地になったのさ。僕も熱海は憧れるね」

「昭和生まれだから？」

「おじさん扱いはおよし」

御影はパエリアを口に運びつつ、ぴしゃりと言った。

「御影さんって、とてもお若そうに見えますけど、昭和生まれなんですか……？」

「そう。若作りだから」

不思議そうな百花に、神無が答えた。

本当は、咎人になった代償の一つで、彼の身体は時を止めているのだが、それを明かす必要はない。

現に、百花は納得顔だった。

「あー、アイドルでもビックリするくらい若く見える人がいますもんね。歌手でも、何年も見た目が変わらない人がいますし……」

「そうそう、そういうやつ」

神無は百花に頷く。

「まあ、御影君が熱海に憧れる理由って、本当のところは風呂好きだからでしょ。びっくりするくらい長風呂だし」

神無にそう話題を振られ、「そうだね」と御影は頷く。

「しかし、熱海だと新幹線だろうね。飛行機に乗って行くほど遠いところといえば――」

「北海道！」と百花は目を輝かせる。

「沖縄！」と神無が盛り上がる。

「それじゃあ、僕は八丈島にしておこうかな」

「八丈島って、めちゃくちゃ離島だし良い場所だけど、東京都じゃん……。やっぱり、沖縄くらい離れてた方が良くない？　暖かいし、マリンスポーツ出来るし」

「八丈島だって、マリンスポーツは出来るし温泉があるよ」

「これから、御影君のこと温泉大好きおじさんって呼ぶわ」

温泉を譲ろうとしない御影に、神無は思わず呻く。

「でも、北海道もいいよね。食べ物美味しそう」

「ですよね。私はチーズが好きなので北海道は憧れますね。あと、石狩の鮭《さけ》とばが美味しいんですよ！」

「……百花ちゃん、見た目が高校生の成熟したおねーサンじゃないよね？」

チーズも鮭とばも、つまみのイメージが強い。未成年のはずだよな、と心配になってしまう。

「しょっぱいものが好きなので……」

「ああ、そういう……。チーズっていうから、モッツァレラ辺りが好きなのかと思ったけど……」

「神無君は、モッツァレラチーズ好きだよね」

御影が口を挟み、神無が頷く。

「あれ美味しいし、食感がふんわりしてるし、映えるんだよね。最強じゃね？」

「モッツァレラチーズもいいですね。なんか、引っ越しが楽しみになって来ました」

百花は心からの笑顔を二人に見せる。

それを見た神無は胸を撫で下ろしつつ、御影が巧みに彼女の気持ちを前向きにさせたのだなと感心する。百花からはもう、不安は感じ取れなかった。

夕食を食べ終えると、池袋駅から数駅の場所にある百花の家へと向かった。

閑静な住宅街の安アパートの一室が彼女の家で、質素な生活をしていたことを窺わせる。

家の前では、神谷が待っていた。百花を彼に引き渡し、交代で護衛をする旨を伝えると、神谷は快い返事をくれた。

神谷は駐車場に停めた車の中からアパートの表を、御影と神無はアパート裏を張り込むこととなった。

人だらけの池袋とは違い、人通りの少ない静かな場所であった。時折、コンビニの袋をぶら下げている若者が通り過ぎるくらいだ。

「それじゃあ、前半は頼んだよ、神無君」

アパート裏が見える路地にて、御影は神無に最初の見張りを託す。

「任せてよ。何なら、一晩中張り込んでいてもいいし」

「いくら君が若いとはいえ、明日に響くからね。それは許可出来ないな」

御影は、困ったように笑う。

「それにしてもさ」

「なんだい？」

「女の子を守るだなんて、フッーの仕事だと思わない？　そりゃあ、咎人や裏社会事情が絡んでいるとはいえ、誰かを傷つける仕事じゃないじゃん？」

「ふふっ、そうだね」

今までは、誰かを倒して事件を解決することが主だった。しかし、今回は違う。始末屋が立ちはだかる可能性があるとはいえ、彼らを倒す必要はなく、百花を守り切ればいいのだ。

「誰かを守る仕事、こんなにやり甲斐《がい》があるなんて思わなかった。事務所を開いて、正解だったかもしれないね」

「それは何より。結果的に、困っていた百花嬢も人手を得られたわけだし」

「誰かを守るためならば、自分の異能といい形で向き合えそうだ」

「それは本当に良かった」

御影もまた、安堵《あんど》するように微笑んだ。

「世の中には、僕達の超常的な異能を必要としている人がまだまだいるはずさ。罪から生まれた罰の力だけど、無力で善良な人達のために活かせたのなら、前向きな価値が見出《みいだ》せるかもしれないね」

「そのためにも、事務所は続けなきゃ」

「そして、この依頼を成功させないとね」

「そりゃそうだ」

御影の言葉に、神無は苦笑しつつ頷く。

まずは百花を無事に父親の下へと送り届けなくては。彼女の依頼を果たしてこそ、二人の事務所は最初の一歩を踏み出せる。

「それにしても、連中はどのタイミングで来るかな。家が割れてたら、今夜にも襲ってくるかもしれないし」

「どうだろうね。君と対峙した相手——小田切君だったかな。彼は隠密《おんみつ》に向いていない性格のようだし、夜間の襲撃の可能性は少ないと思うよ」

「そっか。人目も気にしてたみたいだしね……。下手に動いたら、みんな家から出てくるだろうし」

神無は、住宅街をぐるりと見回す。

ここでひと騒動あれば、皆が目撃者になるだろう。近隣住民が自宅に隠れつつ携帯端末のカメラを回したとしたら、撮影されたことにも気付けないし、回収することも不可能だ。

　人目があるということは、それだけ記録される可能性があるということだ。しかも、住宅街では住民達の方が地の利がある。一人一人見つけ出してカメラの記録を破壊するなど、無理に等しい。

「とはいえ、他に刺客がいないとも限らない。どうも、僕は引っかかっていてね」

「何が？」

「社内のライバルが始末屋に依頼したというのなら、やり口が杜撰《ずさん》ではないかな？　正面から戦うことを好む戦士と無能力のドライバーでは、少女の誘拐に向かないだろう」

「まあ、たしかに」

「嫌な話になるけれど、誘拐を目論《もくろ》むのならば、君のように隠密性に優れた咎人を頼るべきなのさ」

　御影の指摘に、神無は苦虫を嚙《か》み潰したような顔になってしまう。

「俺の異能が誘拐向けねぇ。そりゃあ、気配を殺すのが得意だけどさ」

「飽くまでも一例だよ。気分を害したのなら詫《わ》びよう」

「いいよ、事実だし。っていうか、マジでそうだなと思ったから」

　神無は足音を抑え、気配を殺し、音もなく相手に忍び寄ることが出来る。本来は、待ち構えて守るよりも、敵陣に入り込んで、悟られぬうちに急所を攻め落とす方が得意なのだ。

「なんにせよ、警戒を怠らないに越したことはない。仮眠中は携帯端末をそばに置いておくから、何かあったら遠慮なく連絡をおくれ」

「はいよ。安心しててよ、相棒」

「任せたよ、相棒」

神無と御影はお互いに視線を交わし合ったかと思うと、背を向けて各々の行き先へと向かった。

その夜、神無と御影も、神谷も襲撃者の姿を見なかった。不気味なほど静かに、当日の朝を迎えたのであった。


太陽が昇り切っていない頃に、一行は羽田空港へと向かった。

神谷が運転する車に、三人が乗り込む。助手席には神無が乗り、後部座席には御影と百花が乗った。

高速道路はまだ空《す》いていていて、予定時刻に問題なく到着しそうだ。都会の空を走るハイウェイの景色を、百花はぼんやりと見つめていた。

「昨日は眠れた?」

神無の問いに、「は、はい」と我に返る。

「皆さんが見張っていてくれたお陰で、ぐっすりです!」

百花はマッスルポーズで元気をアピールする。だが、そんな彼女の顔に疲労が色濃く出ているのに、神無は気付いてしまった。

恐らく、眠れなかったのだろう。それなのに、気丈に振舞おうとしているのだ。

無理しなくていいよ、という言葉が出そうになるものの、寸でのところで口を噤む。

これは、彼女なりの気遣いであり矜持《きょうじ》なのかもしれない。健気な想いを邪魔しないようにと、神無は気付かない振りをした。

「朝食はとったのかい?」

今度は、御影が百花に尋ねる。

「勿論です。腹が減っては戦は出来ませんからね」

「戦をするのは俺達だからね」

神無は苦笑した。

「えへへ、そうでしたね。でも、元気なので幾らでも逃げられます」

「それは何よりだよ」

御影は微笑む。百花ははにかみ返すが、会話はそれっきり途絶えた。

車が風を切る音だけが聞こえる。百花はずっと、外を眺めていた。都心のすき間なく建てられたビルを、目に焼きつけるように。

神無は、助手席からチラチラとそれを窺い、疑問に思っていた。

自分達は、これでいいのかと。

百花を守るのが依頼だが、彼女を無事に空港へ送り届けたところで、彼女に真の平穏が訪れるのだろうか。

結局、彼女は友人達や住み慣れた土地から引き離されてしまうのだ。身体は無事でも、心は無事と言えるのだろうか。

彼女にとって、何が最善なんだろうか。

「神谷サン」

「何でしょう？」

ハンドルを握って前方を注視しつつ、神谷は神無に応じる。

「引っ越し先に行っても、百花ちゃんが友達と連絡取れるように、社長サンに言ってくれない？」

「神無さん……！」

百花は驚いたように目を丸くする。一方、神谷は神無の方をチラリと見やったかと思うと、こう答えた。

「私にそこまで力があるわけではないのですが、話はしておきましょう」

「ああ、さんきゅ。俺達が直談判《じかだんぱん》するより、身近な人の提案の方がいいだろうし」

「意外と、手紙のやり取りは有りかもしれないね。差出人の名前を偽装してさ」

御影が口を挟んだ。百花は、目から鱗《うろこ》が落ちたと言わんばかりの顔になる。

「手紙、ですか……」

「友人のために便箋を選ぶのも楽しいと思うよ」

「そうですね。それもいいかも」

百花の表情が、ほんの少し明るくなる。助手席からそれを眺めていた神無は安堵した、その時であった。

「御影君、後ろ！」

神無が叫ぶと同時に、御影は百花に頭を下げさせる。百花は素直に従い、姿勢を低くした。

神谷はバックミラーを見やったかと思うと加速する。後方から、霧島《きりしま》が運転するワゴン車がやって来たのだ。

「始末屋……！」

ワゴン車もまた、ぐんっとスピードを上げる。神谷が運転する車に、あっという間に追いついてしまった。

「よぉ、昨日ぶりだな！」

後部座席の車窓から、小田切《おだぎり》が身を乗り出そうとする。二つの車両の距離は、少しずつ縮まっていた。

「こっちに飛び乗る気だ！」

「神無君、先手を打って！」

「あいよ！」

御影は呪文を唱えると、霧島の車に目がけて火球を解き放つ。

「うおっ」

小田切はとっさに引っ込んだ。

だが、火の元素が集まり難い場所のためか、いつもよりも威力が弱い。霧島の車を横転させるには至らなかった。

しかし、それでいい。

御影の炎が相手の目をくらませた隙に、神無のワイヤーが霧島のサイドミラーを捉える。

「げぇ！　小田切、こいつを解《ほど》いてくれ！　それか、サイドミラーをもぎ取って！」

霧島が目を剝く。小田切よりも早く、神無が動いた。

「先手必勝ぉ！」

神無は車内からひらりと飛び出し、霧島の車に目掛けて両足を繰り出す。

派手な音とともにガラスが割れ、神無の身体は霧島の車に潜り込んだ。

「ちょ、無茶すんな！」

霧島は慌ててブレーキを踏み、慣性を殺しきれない車は回転しながら停止する。その間に、御影もまた、神谷の車から降りた。

「ここは僕達に任せて。君達は空港へ！」

「分かりました」

神谷は深々と頭を下げ、車を発進させる。

「御影さん、神無さん！　有り難う御座いました！」

百花は窓を開け、身を乗り出さんばかりに二人へ感謝を告げる。御影は微笑でそれに応え、彼女が見えなくなったのを確かめてから停まった車に歩み寄った。

「あっちの車で迎え撃つと思ったが、大胆なことをしてくれるじゃねーか」

小田切は心底楽しそうな顔をしながら、後部座席からのっそりと降りた。首をコキコキと鳴らし、獲物を見る目を神無に向ける。

「車で戦ったら百花ちゃんを巻き込んじゃうし。こうした方が、足止めも出来てあんたらも倒せる。一石二鳥じゃない？」

神無は車から飛び降りると、挑発的にナイフを向けた。

その内心では、小田切を注意深く観察していた。

小田切の異能はまだ分からない。昨日は接近戦をメインに戦っていたので、御影のような遠距離型ではないようだが。

「霧島が調べて分かったんだけどよ」

「……なに？」

「お前、『令和の切り裂きジャック』なんだってな」

「……チッ」

神無は頷く代わりに、舌打ちをした。

「女を次々と殺して腹を弄ってたクソ野郎のことなんざ興味がなかったが、お前がそいつだとしたら話は違う」

「は？　どんな奴でどんな理由があろうと、やってたことはクソでしょ」

神無は苛立つように返す。だが、小田切はますます面白そうに笑った。

「ある日を境に、切り裂きジャックの事件はぱったりと止まった。そして、テメェは罪の自覚があり、罪を犯している連中を裁いている。ってことは、何らかの切っ掛けで更正したか、元々はまともな奴だったか――」

小田切は、神無の隙を窺いつつ距離を縮める。神無は、小田切から目をそらさずに話を聞いていた。

武器を携帯している様子はない。拳が彼の武器なんだろうか。それならば、彼の間合いは短いはずだ。

「どちらにせよ、まともなはずのテメェがクソみたいな事件を起こすようになったのには、理由があったと思ったわけだ。その理由を知ってみたくなってな」

「知ってどうするわけ？　犯罪心理学にでも興味があるの？」

神無は軽薄を装うが、実際は軽い吐き気がしていた。それ以上、踏み込まないで欲しいという拒否感でいっぱいだった。

「さあな。インテリなことは霧島専門だ。俺は単に、これから戦う相手の背景を知っていた方が燃えるわけよ。格闘技だってそうだろ。テレビ実況する時は、リングに上がる格闘家のエピソードを語るじゃねぇか」

「そういうこと。でも俺は格闘家じゃない。ただの殺人鬼だ」

「それでもリングに上がるだろ？　テメェが嫌がっても、俺が上げてやるさ」

小田切がぐっと大地を踏みしめる。一気に距離を詰める気だ。

神無が反射的に構えた瞬間、小田切が飛び出した。

「お喋りはここまでだ！　後は拳で語り合おうぜ、切り裂きジャック！」

大きな身体から想像もつかない速さで距離を詰めたかと思うと、小田切はボディーブローを繰り出す。

そこまでは神無が想像していた通りで、なんとか威力を殺しつつ受け止めることが出来た。

しかし、小田切の攻撃はそこで終わらなかった。小田切はにやりと笑うと、再び踏み込んだ。

「なっ……」

刹那、神無の身体がふわりと持ち上がる。小田切の腕を受け止めたまま、小田切に物凄い勢いで空中へと打ち上げられた。

ハイウェイの壁を飛び越え、二人はビル街の上空を舞う。

「なんだこれ……異能!?」

「そうだ。『跳躍』――そいつが俺の異能だ」

動揺する神無に対して、小田切は慣れたものだった。神無の隙を見逃すことなく、重い一撃を打ち込んだ。

「ぐっ……!」

とっさに受け止めたものの、神無の身体は地上に真っ逆さまになる。このままでは、アスファルトに叩きつけられて大怪我をしてしまう。

神無は、手近な雑居ビルの手すりにワイヤーを伸ばし、地面への衝突を何とか避けた。

その雑居ビルのすぐそばに、小田切が地響きをあげながら着地した。

「高いところにひとっ飛び出来る程度の異能だがよ。肉弾戦に組み込むことで、戦い方の幅が広がるわけよ」

「っていうか、あんたの強さは異能関係ないってわけ……」

拳を受け止めた腕が痺《しび》れている。神無もまた、ワイヤーを使って地面に着地した。

「俺は昔、用心棒をしたり地下闘技場にいた。それだけのことさ」

「マジか。地下闘技場とか実在してたのか」

漫画の中だけだと思った、と神無は呻いた。

「テメェみたいな殺人鬼もいるんだ。裏社会で暴力を見世物にしててもおかしくないさ」

「そういうのはフィクションの中だけにして欲しいもんだね」

神無は自嘲的に吐き出した。だが小田切は、実に楽しそうに笑う。

「あんたは、戦うのが楽しい系ってわけ」

「そうだな。俺の生き甲斐の一つだ」

「そういうのも、フィクションの中だけにして欲しいね！」

神無は、そばに置いてあったバイクのカバーをむしり取り、小田切に向かって放り投げた。

「こいつ……！」

「生憎と、俺はそういう趣味はねーんだよ！」

小田切の目が眩《くら》んだ一瞬の隙をつき、神無は戦線を離脱する。

神無の異能は、白兵戦に向いていない。その上、咎人になってから鍛え始めた神無と、そういう世界で生きて来た小田切とでは、肉体の強さも雲泥の差だ。戦いのプロに正面から挑むなど、勝機は無いに等しい。

ならば、せめて神無の得意分野で挑まなくては。

気配を殺し、相手の死角から確実に仕留める。

(自分の異能を活かすなら、それしかない……!)

神無は既に、敗北した気分だった。

同じ咎人でも、小田切は正面から正々堂々と戦うことを得意とし、異能もまた彼の戦い方を大胆にするものであった。

彼は一貫して魅せる戦い方をしている。それに比べて、自分はどうか。

弱者を切り裂いて来た卑怯者《ひきょうもの》だからこそ、異能もまた不意打ちに特化してしまい、日陰を往《ゆ》くことを徹底している。

異能を使う度に、過去の自身の愚かさが浮き彫りになる。異能を比較する度に、己が積み上げて来たものの卑しさを見せつけられる。

「くそっ……!」

神無は自分を包み込もうとする後ろ向きな気持ちを、無理やり振り捨てて走り続けた。今はただ、小田切と距離を置いて自分を見失わせ、機会を窺わなくては。

ビルの間に出来た裏路地を縫い、複雑な小径《こみち》に入り込む。

百花を守るためには、どんな力でも使わなくてはいけない。

決意する神無の目の前に、影が落ちる。

「残念だったな」

小田切の声が、頭上から降ってきた。

「地形を活かして上手く逃げたつもりなんだろうが、ビルの上からだと丸見えなんだよ」

空中から小田切の両拳が振り下ろされる。神無は後頭部でまともに受け、アスファルトに沈んだ。


一方、御影は小田切に連れ去られる神無を、案じるように見送っていた。

神無を助けたい気持ちを抑え、自分がやるべきことに集中する。御影が向かう先は、タイヤの跡を道路につけて停車しているワゴン車であった。

「ぐっ……クソッ」

すり傷を負った霧島が、ワゴン車の扉を開けて脱出する。その顎を、御影のステッキの先端が持ち上げた。

「運転お疲れさま。うちの神無君が無茶してすまなかったね」

「ひえっ、イエ、別ニ……」

霧島は片言になりながら御影を見上げる。眼鏡はずり落ち、長い前髪は乱れているという有様であった。

「へぇ、よく見れば可愛らしい顔をしているじゃないか。君は前髪を上げた方がいいかもしれないね」

「よ、余計なお世話だ！　この変態吸血鬼！」

霧島が吐き捨てると同時に、御影は霧島の顎を更に持ち上げる。「ぐえっ」と苦しげな声で霧島は呻いた。

「いけない子だ。お仕置きが必要なようだね。無能力者でありながらも強いレディを僕は知っているけど、君はどうかな？」

「お、俺は頭脳派技術職なので……」

霧島は、辛うじて答える。

「君達の依頼主」

御影は唐突にそう言った。

「誰だか教えてくれたら、君を見逃してあげる」

御影は微笑みつつ、霧島の耳元にそっと囁いた。霧島はぶるりと身震いをする。

だが、霧島は首をぷるぷると振ると、不敵な笑みを浮かべた。

「そう言って、教えるとでも思ってるのか？　じきに、小田切が切り裂きジャックをぶちのめして帰って来るさ。そしたら、お前なんてコテンパンだ！」

霧島の様子に、御影は目を細めた。

「ふむ。依頼主が僕達に縁遠い人間なら、聞いてどうすると答えるところだと思ったのだけど。これは、意外と身近な人間が依頼主なのかな」

「こいつ……！」

御影は、カマをかけたのだ。依頼主が身近な人物なのか、全く関係のない人物なのかを見極めるために。

それに、霧島がまんまとハマった。

霧島は御影をねめつけたが、御影は微笑を返しただけだった。その手には、いつの間にか縄が携えられている。

「その縄は一体……何に使うおつもりで……」

「それは、出来てからのお楽しみさ」

「出来て……から？」

「ふふふふ」

御影が霧島に迫るのを、霧島は蛇に睨まれた蛙のように縮こまって受け入れるしかなかった。

ほどなくして、亀甲縛りをされた霧島が出来上がる。

「ちょ、なんだこれ！　解け！　色んな所に食い込む！」

自由を奪われた霧島は、芋虫のようにうぞうぞと蠢《うごめ》く。だが、縄は身体に食い込むばかりだ。

「やれやれ。本当に戦いに不向きなようだね。あまりにも非力で驚いたよ」

御影はいささか拍子抜けしてしまった。頭脳派で技術職というのは本当なのだろう。

「その分、もう一人の方は厄介そうだ。恐らく、彼が一人で二人分くらいの戦闘力なんだろうね。本当なら、神無君に加勢すべきだろうけど――」

神無が消えて行った方を見やり、後ろ髪を引かれる想いを抱く。しかし、御影がやるべきことは他にあった。

「神無君、君を信じているよ」

手を差し伸べるだけが相棒ではない。信頼して任せることもまた、繋がりの一つだ。

御影は神無がいるであろう方角に背を向け、携帯端末を取り出したのであった。

神谷の車に乗せられた百花は、羽田空港に辿り着いた。

立体駐車場に入ると、車がずらりと並んでいる。運転席に人はおらず、しんと静まり返っていて、車の軀《むくろ》が列を成しているようだった。

「着きました」

神谷が車を停め、扉を開ける。

「良かった……」

無事に羽田空港にやって来た。これも、神無と御影が始末屋を引き受けてくれたお陰だ。

しかし、彼らは大丈夫だろうか。彼らがただ者ではないことは知っていたが、始末屋だって恐ろしい相手のはずだ。

「お嬢様？」

「あ、すいません。あの二人の様子が気になって」

神谷に促され、百花はそっと車から出る。白いつば広帽が、海風に揺れた。

トランクケースの中には、ほんの少しの着替えと私物が押し込められている。神無と御影に付き添ってもらって買ったグッズも、その中にあった。

「二人に、落ち着いたところでお礼を言いたかったな」

「礼なら私から伝えておきましょう」

神谷は微笑み、百花を誘導するように進む。

確か、父と待ち合わせる場所は展望デッキだったはずだ。空港内は広くて複雑なので、神谷の案内が頼りだ。

神無と御影にばかり気を取られていたが、この神谷という男も不思議な人物だと思った。始末屋襲撃の際に自分を見失うような迂闊者だが、今日はそつなく運転して送り届けてくれた。

百花は、そんな神谷の背中を頼もしく思う。

しかし、違和感にも気づいた。神谷の顔を思い出そうとするものの、何故《なぜ》かぼんやりとしか思い起こせない。先ほども、彼の顔をちゃんと見ていたというのに。

「あれ……？」

百花はもう一つ違和感を覚える。いつまで経《た》っても、どこまで歩いても、人気《ひとけ》がある場所に出ないのだ。

自分達が歩いているのは職員用の通路だろうか。武骨な配管が張り巡らされた場所を、神谷はずんずんと突き進む。

「神谷さん、この先に展望デッキがあるんですか？」

「………………」

神谷は答えない。その代わりに、百花の細い腕をむんずと掴んだ。

嫌な予感がする。

百花は振りほどこうとするが、びくともしない。声を上げようにも、周囲には誰も見当たらなかった。

しばらくして、しんと静まり返ったロビーに辿り着く。

どうやら使われていないようで、照明が落ちて外界の光だけが射していた。

雲がどんよりと空を覆っているため、もう昇っているはずの朝日をほとんど感じない。巨大な窓からは薄暗い滑走路が窺えた。そこには何機かの飛行機が、じっと乗客を待っている。

ここを通れば、展望デッキがあるのだろうか。

いや、そんな風に思えるほど、百花は楽観的ではなかった。

「神谷さん！」

百花は渾身の力を振り絞る。手首を捻《ひね》ってしまったが、神谷の手を何とか振りほどけた。

手首がズキズキと痛い。百花は痛みを堪えながら、神谷の方を見やる。

そして、ぎょっとした。

「そのまま、何も疑問に思わなければよかったのに」

神谷の顔は、驚くほど無表情だった。

彼はこんな顔だっただろうか、と百花は疑問に思う。百花が抱いていた神谷像とは、全くの別人だった。

彼は第一印象よりもずっと若く、神無くらいの年齢に見えた。容姿は中性的で人形のように整っているが、御影のような見る者の心を揺さぶる類ではない。作りもののように、無機質なのだ。

はめ込まれたような双眸に、光を一切感じなかった。深淵《しんえん》に繋がっているかのように淀《よど》んでいて、感情が全く読めない。

「神谷……さん」

「違うよ」

神谷と名乗っていた青年は、ぴしゃりと言った。あの丁寧な口調が嘘のように、淡々として素っ気なかった。

「それは偽名。社長秘書補佐っていうのも嘘。全ては虚構。きみの安全も」

青年は懐から何かを取り出す。それは、注射器だった。

中には得体のしれない液体がなみなみと入っている。青年は鋭利な針を百花に向けた。

「これを首筋に打てば、眠るように死ねるんだって」

「なんで、そんなものを……」

「きみを殺せって」

青年は、あまりにも軽い口調でそう言った。

「私を……？　もしかしてあなたは、始末屋の人達と同じように、父のライバルから雇われたっていう……」

「答える必要はない」

青年が動く。百花は反射的に、背を向けて走り出した。

「助けて！」

百花は悟った。

始末屋の二人は、神無と御影を引き離すための囮《おとり》だったのだ。青年は彼らと繋がっていて、百花が一人になったのを見計らって始末しようとしていたのだろう。

百花は全力で走るが、呆気なく青年に組み伏せられる。

「くぅ……っ」

「抵抗すると痛みが増えるだけ。痛いのが嫌いなら、大人しくしてたら?」

青年は無感情に、そして無慈悲に言い放つ。それでも、百花は青年を振りほどこうともがいた。もがけばもがくほど、青年は百花をきつく押さえつけるが、構うことはなかった。

「痛いのは嫌い。でも、殺されるのはもっと嫌い……！」

「なんで？　死んだらそこで終わり。痛みも何も感じない。でも、生きていれば痛み続けるじゃないか」

「確かに、そうかもしれない……」

百花は、ずっと痛みを感じていた。

自分には何故、母親しかいないのだろうと疑問に思っていた。他人の父親を見るたびに、胸が痛んだ。

自分はどうして、自由になれないのだろうと疑問に思っていた。父にようやく認知されたものの、身を守るためといって自由を奪われてしまった。友人や住み慣れた土地とも、引き裂かれることとなってしまった。

自分はいつまで、痛みを感じていなくてはいけないのだろうと思っていた。

父親と母親がいる普通の家庭が欲しかった。普通に友人達と付き合い続け、長く住んでいた場所に思い出を積み重ねたかった。

それが出来ないなら、生きている意味がないかもしれないとすら思っていた。父に認知されたとはいえ、父が提供する新しい暮らしには希望を見出せなかった。

何処かで終わってもいいかな、と心の底で思っていた。

しかし、それらは過去のことだ。

「でも、人生は痛みを感じることばかりじゃない……！　痛みを伴うこともあるけれど、その中に喜びだってある。私がここで終わったら、この先に会えるかもしれない人達に会えなくなるもの……！」

それは、神無や御影のように、憂鬱な日常をひっくり返してくれる人物かもしれなかった。

彼らとともに過ごした時間は短かったけど、驚くほどに濃かった。とても刺激的で、世界にはまだ見ぬ面白いものが溢れているのだと希望が持てた。

百花は渾身の力を振り絞る。それでも、青年の手は振りほどけない。

青年は、驚くほど冷めた声で言った。

「そうなんだ。でも、おれには関係ないから」

注射器の針が迫るのを感じる。冷たい感触が、首筋に触れた気がした。

「誰か……！」

腹から声を出すものの、それはすっかり掠れていた。

彼女の希望が潰《つい》えようとしたその時、眩《まばゆ》い光が視界に迫った。

「プロメテウスの炎よ！」

火球が闇を割き、百花の上にいる青年に直撃する。青年はくぐもった声をあげ、後方へと吹き飛んだ。

薬液が入った注射器がロビーの床に転がる。漆黒のブーツが、それを踏みつけて砕いた。

「やれやれ、間に合ったようだね。怪我はないかい、レディ」

「御影さん！」

よろめきながら身体を起こそうとする百花を、御影は手を差し伸べて優しく支えてやる。

「ど、どうしてここに……!?」

「神無君と事前に打ち合わせをしていてね。始末屋二人組の襲撃があった時、二人で迎え撃つふりをして、僕が早々に切り上げて百花嬢の様子を見に行くことを」

因みに、ここまではタクシーを捕まえて来たらしい。それに加え、御影が選んだ百花の真っ白な服装は、彼女が何者であるか隠し易かったが、彼女を知っている者にとって良い目印になるのだ。

御影は、神谷と名乗った青年の方を見やる。

「彼の動きは不自然なことが多かった。君が僕達を頼った後、やけにあっさりと僕達に君を託したからね。恐らく、始末屋の二人と連絡を取っていたのだろう」

「それじゃあ、最初から知っていて……？」

「いいや。確証はそこまでなかった。だからこそ、予防線を張っておいたのさ」

御影は、百花を背後に庇《かば》う。

青年は、呻き声も上げずにゆらりと立ち上がる。

焦げ付いた背広をうざったそうに脱ぎ捨て、整えていた前髪をぐしゃぐしゃとかき乱してから、御影に向き直った。

すらりと細い肢体が明らかになり、病的に白い肌が露出する。頭をひと振りすると、乱れていた髪はさらりと下りて、虚《うつ》ろな双眸と長い睫毛《まつげ》にかかった。

青年は静かに息を吐く。

林檎の甘い蜜の香りが、ふわりと辺りに漂った。

「もう一人は？」

青年は、感情の読めない眼差《まなざ》しで問う。

「神無君ならば、サムソンさながらの君の仲間と交戦中さ。確か、小田切君といったかな？」

「じゃあ、死んでるかも」

青年は挑発するでもなく、無感情に言い放つ。

「死にはしないさ。僕達は咎人。簡単に死ねない。それに――」

「それに？」

「僕が神無君を信じているからね」

御影は微笑む。神無への慈愛と、信頼に溢れていた。

「その論理は理解不能だ」

「そんな論理的な君の名前を、改めて聞いても？　君は不思議な気配がする。個人的に、興味深くてね」

御影はステッキを構えて百花を庇いつつ、青年を隙なく見つめる。

青年は亡霊のように佇み、ゆらゆらと揺れていた。摑みどころがない。どう動いても、するりと逃げられてしまいそうだ。

それよりも、御影は彼から漂うものに不可解さを感じていた。霊的な物質であるエーテルを捉える第六感で彼を眺めると、やけに輪郭がぼやけるのだ。

複数の何かが重なって一つになっているような、他のものからは感じ得ないものであった。

「名前は記号だ。教えても意味なんてない」

「それならば、僕の好きに呼ぶとしようか」

「無花果《いちじく》」

青年は、素っ気なく答えた。

「無花果。それが、おれの個体名」

「良い名前じゃないか。決して他者には見せない赤い花。君の中にも咲いているのかな？」

御影は軽口を叩きながらも、無花果から目をそらさない。彼もまた、鏡のように御影を凝視し、質問には答えなかった。

「僕が動いたら、離れて身を隠しておくれ。ただし、僕の手の届くところにね」

御影は百花に囁く。百花は、黙って頷いた。

神無は無事だろうか。

不可思議な敵の前だというのに、御影は神無の身を案じる。無花果の不吉な予言が、今頃になって胸をちくちくと刺すのだ。

今すぐにでも、愛しい者を助けるために飛んで行きたい。

しかし、神無がそれを望んでいないことも知っていた。自分達がやるべきことは、ただ一つ。

「どうして彼女を守るの？　依頼人の正体は秘書助手じゃなくて、依頼が虚構だとわかったのに」

無花果は問う。百花の、息を呑む気配がした。

「生憎と、最初の依頼人は彼女でね」

「でも、彼女にあの報酬を支払う能力はない」

「僕達は、報酬だけで動くわけじゃない」

御影はハッキリとそう言った。

「僕達なりの矜持があるんだ。それを守るために動くのさ」

「そう」

無花果は相槌を打つものの、あまりピンと来ていないのか、視線は明後日の方を向いていた。

その隙に、御影が動く。

「裏切りの使者に火刑を！　――『火焔乱舞《エクスプロードイリュージョン》』！」

御影の『元素操作』の異能が発動する。概念的な四元素を変換し、魔法を発動させたのだ。

御影は空港内の熱を集約し、無花果に解き放たんとする。だが、無花果も動いた。

「『火焔乱舞』」

無花果がそう呟《つぶや》くと、彼の手から炎が生まれた。

「なっ……！」

双方の炎がぶつかり合い、御影の炎が無花果の炎を呑み込んだ。炎は無花果の手を包み、無花果はわずかに目を見開いて身を引いた。

だが、驚いたのは御影の方だ。無花果は、有り得ないことをしたのだから。

「今、君は魔法を……？　君も『元素操作』の異能を持っているというのか……」

御影は動揺を隠せない。

だが、無花果は気にした様子はなく、軽く火傷《やけど》をした自分の手をまじまじと見つめていた。

「火力が違う。異能だけであの炎を出しているわけじゃないのか。何か、特殊な技術を使っている……」

それを聞いて、御影はハッとした。

御影の『元素操作』は、時任《ときとう》から学んだ魔法によって形を成している。無花果はそれを知らないまま、御影の異能だけを模倣してみせたのだ。

「僕と同じ異能じゃない……。君の異能はまさか――『複製』か」

相手の異能をコピーして使う。無花果は咎人で、そんな異能を持っているのだ。

無花果は御影に答えず、静かに向き直る。

「次はもっとうまくやる」

「生憎と、簡単に模倣出来る術式ではなくてね」

御影は余裕を見せるものの、内心は気が気ではなかった。

『複製』の異能なんて、想像の範疇《はんちゅう》を超えていた。しかも、四元素の概念を知らない者は仕組みすら分からない『元素操作』の異能を、いとも簡単に模倣してみせるなんて。

(これは、異能を簡単に使わせて貰《もら》えない状況だね)

無花果に見せれば見せるほど、彼の攻撃のバリエーションは増えてしまう。あっという間に、御影の手札が尽きるだろう。

嫌な敵だ、と御影は思う。それと同時に、疑問も膨らんだ。

この無花果と名乗った青年は何者なのか。ただの咎人ではなさそうだ。

「御影さん……」

百花の不安そうな声が聞こえる。しかし、御影は手をひらりと振った。

「安心おし。君は、僕達が守る」

そう、これは御影だけの戦いではない。神無もまた、遠く離れた場所で戦っているのだ。

神無のためにも、ここは切り抜けなくては。御影は決意を新たに、無花果と対峙した。

3

Criminal Stigmata

切り裂きジャックとカインと蛇の痕跡

神無《かんな》は、小田切《おだぎり》の拳を受けて地を舐《な》めた。

もはや、何度目のダウンか分からない。

切れた額から流れる血が唇に触れ、鉄錆《てつさび》の味がした。御影《みかげ》に捧げる血を、こんなところで無駄にするわけにはいかないのに。

「クソッ……！」

血反吐《ちへど》をアスファルトに吐き捨てる。ボロボロの神無に対して、彼の得物のナイフは綺麗なままだった。

いまだに、小田切に一太刀も入れられていない。

間合いはそれほど変わらないのに、小田切にあまりにも隙が無いのだ。

「そんなもんか、切り裂きジャック。少しは骨がある奴だと思ったんだけどな」

小田切の余裕に満ちた声が頭上に降り注ぐ。神無は顔を上げ、キッとねめつけた。

「おお、いいじゃねぇか。まだやる気充分ってわけか」

「一方的に相手をぶちのめすのって、楽しいわけ？」

神無は挑発的に嗤《わら》う。

小田切の機動力と戦闘力は、神無の予想を遥《はる》かに上回るものだった。

どんなに小田切の目をくらませようと思っても、空中を制している彼はすぐに神無を見つけてしまう。

神無は、咎人達《トガビト》との戦いで経験を積んだものの、小田切のような熟練の戦士相手では歯が立たなかった。

小田切の一撃は重く、正面からぶつかり合えば神無が勝つ術はない。神無の一閃《いっせん》は素早く鋭いのだが、小田切に全て弾かれてしまうのだ。

恐らく、彼は神無の行動を先読みしているのだろう。長い間に培った戦闘経験が、彼を動かしているのだ。

そんな小田切は、少し間を置いて神無の問いに答えた。

「一方的ってわけじゃない」

「は？　俺はまだ、あんたに一撃も入れられてないんだけど」

「お前の一撃はほぼ必殺じゃねぇか。人体の急所を的確に狙って来やがる。俺はそいつを入れられないかヒヤヒヤしてるぜ」

「その割には楽しそうじゃん……」

「楽しいさ。拮抗《きっこう》している時の緊張感はたまらねぇ」

「戦うの大好きおじさんか」

舌なめずりをする小田切に、神無は毒づく。

全く歯が立たないと思っていたが、そうではないらしい。

(あと少しってところか……?)

正々堂々を好むこの男が、嘘を吐くことはないだろう。わずかな差が、先ほどから神無に地面を舐めさせているのだ。

(でも、その差は分厚い壁なんですけど)

神無は心の中で苦笑する。このままでは、差を埋める前に神無の体力が尽きてしまう。

では、どう埋めるか。

神無は辺りを見回す。すると、数々のビルが立ち並ぶ中、あるものを見つけた。

(あれだ……!)

「お、おい!」

神無は小田切に背を向けて走り出す。正々堂々を信条としている男なので、背を向けた相手を襲うことはないだろう。

だが、異能を使って距離を詰めてくるのは時間の問題だ。一刻も早く、彼の異能を封じなくては。

「異能を封じたところで、こっちの技術が何処まで通じるか……！」

果たして、小田切に勝てるのか？

神無の中に疑問が生じる。だが、すぐにそれを振り払った。

「どんなに技量の差があっても倒すしかねぇ……！　御影君に、こっちは引き受けるって約束したじゃねーか」

御影と一緒ならば、ここまで苦労しなかったかもしれない。だが、霧島《きりしま》の動きを封じておきたかったし、何より、百花《ももか》が心配だった。

一般人である百花を危険に晒すくらいならば、自分がここで踏ん張った方が絶対にいい。

神無がやって来たのは、建設現場だった。

ビルの骨組みだけが佇む中、神無は小田切を誘い込まんと踏み入れた。朝早いせいか、現場には誰もいなかった。

「ここならば天井があるから、あいつの異能が封じられるはず」

建設現場での戦闘は、高峰《たかみね》と戦った時に経験済みだ。神無は障害物が多ければ多いほど戦い易くなる。

神無はワイヤーを使い、骨組の中層へと跳んだ。

「成程。ステージを変えて地の利を得ようってわけか」

すぐ背後で、小田切の声がする。

彼もまた、『跳躍』の異能で神無を追って来たのだ。

「あんたみたいな奴なら、ステージを変えた方が刺激的なんじゃねーの？」

神無が振り返るのと、小田切が拳を繰り出すのは同時だった。

「あぶねっ！」

神無は姿勢を低くし、小田切の拳は頭上を掠める。その先には、骨組みの鉄骨があった。

小田切は拳を止めると思いきや、そうではなかった。

勢いがついたままの拳は鉄骨を容赦なく殴りつけ、建設現場全体に鈍い音を響かせる。

ミシミシと、全体が軋《きし》む音がした。

「いてて。流石に拳が痛むな」

小田切は拳をさするものの、たいして痛がっていないように見える。

「鉄骨殴って、いててじゃ済まなくない……？」

異能を封じても勝てるだろうか、と神無は疑問を覚える。

「さて、第二ラウンドと行こうか！」

小田切は構わず、神無に襲い掛かった。

「元気すぎか！」

神無はツッコミを入れながらも、小田切の拳を紙一重で避ける。

あちらこちらにある鉄骨を壁代わりにしつつ、小田切の攻撃を見切ろうとするものの、小田切は障害物を物ともしなかった。

躊躇いが出て動きが鈍くなると思ったのだが、当てが外れてしまった。

（それでも、見切りやすくなってる……！）

異能と攻撃の合わせ技がない分、小田切の動きは見極め易くなっていた。後は、彼の猛攻をかいくぐって、どう一撃をお見舞いするかだ。

（障害物がある分、こっちの攻撃も分かり難くなっているはず……！）

動きが大味な小田切に対して、神無は小回りが利く。鉄骨が味方になってくれるはずだ。

神無は小田切の追撃を避けつつ、鉄骨の背後に隠れる。

小田切の視界から一瞬だけ消えた、今がチャンスだ。

「これで決める！」

神無は小田切に向かってワイヤーを解き放つ。先端についたフックが、小田切の右腕を捉えた。

「なっ……！」

小田切が驚愕《きょうがく》している間に、神無は地を蹴った。

拘束している小田切に、必殺の一撃を喰らわせるために。

だが、小田切はにやりと笑ったかと思うと、左手でワイヤーを鷲掴みする。

「チェーンデスマッチみたいでいいじゃねぇか！」

小田切は、ぐんっとワイヤーを引き寄せた。事務所前での戦闘と同じような展開になりそうだ。

「くっ……！」

サバイバルナイフを構えた神無の体勢が崩される。引き寄せられた先には、小田切の右拳が待ち構えていた。

「そろそろ終わらせようぜ、切り裂きジャック！」

まずい。

このままではあの拳の餌食だ。小田切は右拳で、渾身のカウンターを繰り出すはずだ。

相手が狙うのはボディか、それとも顔面か。

避けなくては。いいや、防御した方が早いか。だが、どこを防御すべきか。

ほんの一瞬の出来事であったが、神無には長い時間のように思えた。小田切の拳を注視し、次の一手を模索する。

(なんだ……？)

小田切の右拳が揺らぎ、陽炎《かげろう》のような軌跡が見える。残像が捉えようとしているのは、神無の顎だった。

確かに、顎は人体の急所の一つだ。強打されれば昏倒《こんとう》する。

だがそれより、自分が見ているこれは何だ。

(まさか、小田切の攻撃の軌道か……？)

神無は決意する。これに、賭けるしかないと。

空中でサバイバルナイフを構え直し、小田切の一撃を縫うように繰り出した。

次の一手は、攻撃だ。

そう決断した瞬間、時が再び流れ出した。

「うおおおっ！」

小田切の拳が顎に迫る。だが、その軌跡は神無が先読みしていた。

神無のナイフの切っ先は、その腕を切り裂いて小田切の首筋をえぐる。

「な……に……？」

小田切の拳は、空を切っていた。拳が掠めた神無の頬からはわずかに出血しただけであった。

一方、小田切の右腕から首筋にかけて、ぱっと血しぶきが飛び散る。

「今……お前……！」

小田切はよろめき、首筋の傷口を何とか押さえる。だが、鮮血が次から次へと溢れ出し、足元を赤く染め上げていた。

常人であれば致命傷だ。

膝をつく小田切を、神無は肩で息をしながら見下ろしていた。

神無には、勝利の余韻に浸っている余裕はなかった。

自らの首筋にある聖痕《スティグマ》が、燃えるように熱い。

脳が煮えたぎるような感覚に襲われ、視界が歪《ゆが》む。足がふらつきそうになったが、何とか踏み止まった。

神無が見た幻の通りに、小田切は拳を繰り出した。神無には未来の軌跡が見えていたのだ。

この先読みの力は、『暗殺』の異能の一端か。姿を隠すことも気配を殺すことも出来ない時、相手を確実に死に至らしめるための。

恐ろしくも、強力な能力だった。

だが、消耗が激しい。敵の前だから辛うじて立っていられるものの、身体を動かすのも億劫《おっくう》なほどだ。

心臓が早鐘のように打っている。何とか落ち着かせなくてはと、神無は深呼吸をした。

「お前の勝ちだ……」

小田切は膝をつき、青ざめた顔で声を絞り出す。出血がひどい。気を失うのも時間の問題だ。

「とどめを刺せ。お前には……その権利がある」

「権利があっても、咎人を殺すのは無理じゃない？」

神無は掠れた声で答える。小田切は、自嘲気味に嗤った。

「なら、辱める権利くらいはある」

「そういう趣味ないし」

神無は苦笑した。のろのろとした動作で、ワイヤーを回収し始める。

「小田切サンは、なんで始末屋なんてやってんの。女子高校生を始末するのって、ガラじゃなくない？」

それこそ、強者や戦士と戦うのが彼の本懐だろう。

「……始末する相手のほとんどは、手に負えないような連中だ。俺達のような咎人だったり、日本では違法な武装をしている連中とかな……」

「成程。そういうのと戦うのが目的で始末屋やってるわけ」

それならば、小田切の望む戦いが出来るだろう。百花の始末は、イレギュラーだったということか。

「百花ちゃんを狙ったのって、なんかしがらみがあるってこと？　それとも、相方が引き受けたとか？」

「霧島は血を見るのが嫌な奴だ。今回……一番乗り気じゃなかった」

小田切は相方の誤解を真っ先に解いてから、こう続けた。

「……しがらみの方だ。あの娘の境遇は、本当に可哀想《かわいそう》だよ」

「それには、完全に同意って感じだけどね」

「あの娘は――組織の――」

小田切の目が虚ろになって行く。流石に、気を失うのも時間の問題か。

「組織？」

オウム返しに尋ねる神無であったが、小田切は朦朧《もうろう》とする意識の中、ハッとした。

「お前の相方は……来ないな……。あの娘のところに行ったのか……？」

「……そうだけど」

答えるのに躊躇《ちゅうちょ》する神無であったが、小田切の様子を見て問題ないだろうと判断した。

「なら、いい……。あの娘についていた男は、こっち側の人間だ……」

「マジか……。御影君の読みが当たったわけか」

それならば、早く向かった方がいいだろう。御影は神無よりも熟練の咎人だが、神《かみ》谷《や》と名乗った男の能力は未知数だ。

踵《きびす》を返しかけた神無であったが、最後に一言、小田切に尋ねる。

「それ、教えてくれちゃっていいわけ？」

「……勝者は……副賞を貰うもんだ」

小田切はそれっきり、黙り込んでしまった。失血で気を失ったのだろう。

咎人は罪を重ねた分だけ苦しまなくては死ねない。小田切も簡単には死ねない身体なのだろう。

「さんきゅ。まあ、もう二度と会いたくないけど」

次に会った時に、勝てる気はしない。

神無は今度こそ踵を返し、羽田空港へと向かった。


一方、羽田空港の封鎖されたロビーの一角には、焦げ付いた臭いが漂っていた。

御影の異能と、無花果《いちじく》の異能がぶつかり合っていた。電力という名の熱が急速に消費され、辛うじて点《つ》いていた非常灯すらチラついている。

御影と無花果、双方の距離は一定を保っていた。御影は百花とともに距離を空けようとするが、無花果は百花を始末せんと距離を詰める。

だが、それもある程度のところまでであった。

「プロメテウスの炎よ！」

「プロメテウスの炎よ」

御影の炎と無花果の炎がぶつかり合い、相殺する。余波で周囲の座席シートが焦げ付き、化学繊維が燃える臭いがツンと鼻を衝《つ》く。

無花果は、炎の余波を浴びないギリギリのところにいた。

そして、機会を窺っているのだ。御影が力尽き、隙を見せる瞬間を。

(その前に、施設全体が停電にならないか心配だけど)

そうなっては大惨事だ。

空港を利用しようとする大勢の人間に迷惑をかけるし、下手をしたら、今まさに着陸しようとしている飛行機を危険に晒すかもしれない。

水道管が通っているはずなので、水属性の魔法も行使出来るはずだ。だが、水道管を突き破ることになりそうなので、御影は自重した。

野外ではないので、風の力を使うのは難しそうだ。御影が立っている場所は地面ではないので、地の力も利用できないだろう。

半身である刹那の力を使えば、無花果を圧倒出来るかもしれない。だが、それすらも複製される可能性があった。

召喚の異能の使い手を敵に回すというのは、魔神達を敵に回すという行為に等しい。

そう考えると、あまりにもリスクが高かった。

結局のところ、人類の文明の発達に貢献してきた炎の力に頼る他ないのだ。

（でも、炎の力も有限だ。そもそも、僕は異能を連発するのが難しいからね……）

喉が渇きを訴え、牙が疼く。

異能を使いすぎた身体は、穢れた血を欲しているのだ。

御影は、物陰に隠れて様子を窺っている百花の方を見やる。

「待ち合わせの時間は？」

「まだ、大丈夫です……」

「それならいい」

御影は無花果に向き直る。無花果は、炎を生み出した自身の右手をまじまじと見つめていた。

「奇妙な異能だ。自分の中を見えない何かが駆け巡っていく感覚……。今まで模倣した異能の、何よりも扱い難い……」

「かなり稀少《きしょう》な異能のようでね。それも手伝ってか、この異能単独では意味を成さないことも多い」

「やはり、異能以外の技術が使われている」

「その通り」

「じゃあ、模倣するのは効率的じゃないな」

無花果はあっさりとそう言った。

「おれなりに、アレンジしてみるとするよ」

とん、と無花果が地を蹴る。御影は反射的に、ステッキを構えた。

次の瞬間、無花果が懐に潜り込み、肉薄する。御影はステッキで彼を牽制《けんせい》しようとしたが、無花果が炎を繰り出す方が早かった。

「なっ……！」

至近距離で炎が弾ける。直撃は避けられたものの、余波をまともに受けて御影はよろめいた。

「御影さん！」

百花の悲鳴がロビー内に響く。

体勢を整えようとする御影に、無花果は容赦なく回し蹴りを喰らわせる。鳩尾《みぞおち》で受け止めてしまった御影は、咳《せ》き込みながら膝をついた。

「くっ……」

「きみ、ここぞという時のために手札を隠してるでしょ？」

無花果はゆらりと、御影に歩み寄る。

「それ、怖いから。標的を始末する前に、きみを倒すね」

無花果の右手に、炎が宿る。御影の火球よりも小さく、安定せずに揺らいでいたが、体術と併せれば威力も充分だ。

「待ちなさい！」

百花の制止とともに、無花果の後頭部に何かが投げつけられた。

「痛っ……、なにこれ」

無花果の足元に落ちたのは、アニメショップで購入したアクリルスタンドであった。

「あなたの狙いは私でしょ⁉　御影さんから離れて！」

百花は声を張りあげながら立ち上がる。

「いけない、百花嬢……！」

御影が叫ぶ中、無花果は音もなく百花の方に顔を向けた。

「きみは殺されたくないのに、どうして自分から的になるの？　理解出来ないな」

無花果は腑に落ちない顔で、右手の炎を百花に向けた。

それでも、百花は怯まない。無花果を正面からねめつける。

「やめるんだ……！」

御影は痛む身体で無花果を制止しようとするが、何かに気がつき、ハッと息を詰めた。

無花果の頬に、ぽた、と水滴が垂れる。

「水？　ううん、生温かい……」

血だ。

無花果がそう悟った瞬間、天井の梁《はり》から闖入者《ちんにゅうしゃ》の一閃が放たれる。

「女の子に火傷を負わせようとしてんじゃねーぞ！」

神無だった。

サバイバルナイフが無花果の右腕を切り裂き、パッと鮮血が飛び散る。不意打ちに動揺したのか、炎は掻き消えた。

とはいえ、無花果の表情はほとんど変化しなかったが。

「チッ、浅かったか。俺の流血で気付かれるなんて、ちゃんと止血しておくべきだったぜ……」

神無は血反吐を吐き捨てつつ、百花を庇うように立ちはだかる。

「神無さん、その怪我……！」

「へーき。今は見た目がアレだけど、そのうち治るし」

小田切にこっぴどくやられた神無は、あちらこちら傷だらけだった。それを見た御影は、やれやれと苦笑する。

「そんなに汚して、いけない子だね」

「顔は死守したから勘弁してよ」

神無は軽口を返しつつ、無花果に向き直る。

「こいつ、神谷サン？　ずいぶんと様子が違くない？」

「彼は『複製』の能力者で、名は無花果というようだよ。秘書補佐を装っていた時も、異能で誰かを複製していたのかもしれないね」

神谷のもとになった人物がおり、無花果がそれを異能で模倣していたかもしれないというのが、御影の見解だった。だから、神谷という人物に妙な違和感を覚えていたのだ。

「変身的な？」

「いいや。僕たちの認知を歪めたのかもしれない。異能も概念によるものだから、概念世界のものに力が及ぶのだろうね」

「『複製』って異能。ヤバくない？」

「ヤバいんだよ。君が来てくれたお陰で、恐らく――」

無花果は、血が滴る右腕をじっと眺めていた。

それから、不意に神無の方を見やる。その目があまりにも深く濁っていて、神無はぞっとした。

好戦的で生き生きしていた小田切とも、今まで戦って来た咎人達とも違う。空虚さとあらゆるものを煮詰めたような粘度が同居している、奇妙な目だった。

そいつは、「そうか」と納得したように呟いた。

「気配が全然摑めなかったのは、きみの異能――『暗殺』か」

言い当てるや否や、無花果は左手に炎を宿して振り被る。標的は三人の誰でもなく、近くにあるシートだった。

「えっ……！」

座席シートはぼっと呆気なく燃え上がり、炎と煙が四人を包み込む。すると、煙を感知したスプリンクラーが作動した。

「まさか……！」

周囲が煙と水飛沫《みずしぶき》で満たされる。視界が一気に悪くなる中、神無は息を呑んだ。

「神無君、左だ！」

御影が叫び、神無がナイフを構える。

その瞬間、煙の中から無花果の腕が、神無の頭を鷲摑みにせんと伸びた。

「このっ！」

神無はナイフで斬りつけようとする。無花果は手を引っ込め、煙の中に消えた。

「気配を感じなかった……！　俺の能力をコピペしてるわけ!?」

「そのようだね……。それに、これだけ水を撒《ま》かれると僕の嗅覚でもわかり難い……」

無花果は出血しているので、嗅覚が異様に優れている御影は、なんとか位置を絞れる。だが、それもいつまでもつか分からなかった。

「とにかく、こっちに引きつけないと……」

神無もまた、感覚を研ぎ澄ませて相手の気配を探す。普段ならば、それである程度の位置を把握出来るのだが、自分と同じ気配を殺す異能を前にすると、雲を掴むような話であった。

まさか、自分の異能が敵に回った時に、これほど脅威になるとは。

（あいつの目、ヤバかったな）

何を考えているか分からない。だが、人を殺《あや》めるのに躊躇しないであろうことが窺い知れた。

そんな相手が『暗殺』の異能を持っているということ自体が、脅威だ。暗殺に長《た》けつつも罪の意識が胸にある神無との、決定的な違いがそこにあった。

スプリンクラーが回るものの、座席シートの炎は衰える気配がない。立ち込める黒煙がいつ収まるのかもわからない。

座席シートを燃やしているのは魔法の炎なので、物理法則通りにいかないのだ。

「せめて、煙がどうにかなれば……。換気システムどうなってるわけ？」

「そうか……！　屋内にも風はある……！」

神無の言葉に、御影が閃《ひらめ》く。

御影は、空調ダクトに向かってステッキを掲げた。

「我が血盟により従え、アネモイを従えるアイオロスの風よ！」

ごうっとダクトから舞い降りた風が、御影の周囲に集う。

「汝らとともに、悪しき霧を吹き飛ばさん！　――『回遊旋風《サモン・ダストデビル》』！」

御影のもとに集まった人工的な風は、旋風となって黒煙を吹き飛ばす。拭い去られた煙の向こうに、風に煽《あお》られて二の足を踏む無花果がいた。

「神無君！」

「任せろ！」

無花果がハッと顔を上げた時には、神無が肉薄していた。無花果はとっさに炎を生み出し、神無が振りかぶったナイフを弾き飛ばす。

だが、神無の勢いは止まらなかった。

「くたばれ、コピペ野郎！」

神無の拳が、無花果の顔を強打する。無花果の細い身体は呆気なく吹っ飛び、こんがりと焼けた座席シートに受け止められた。座席シートを舐めていた炎は、術者の集中力が切れたことで消えていた。

神無は肩で息をしながら、無花果が完全に沈黙したのを確認する。

「クソッ……！　異能のコピペとか、気持ちが悪いっての」

神無にとって、自分と同じ力を使っていたのも、御影の力を真似《まね》ていたのも、どれも気に食わなかった。

咎人の異能は、咎人の切っ掛けとなった罪から生じた罰の一つだ。誇れるものではないとはいえ、アイデンティティの一環だった。

それを真似されるというのは、罪を見せつけられているようで不快であったし、それ以上に、自分の過去が薄っぺらいものに感じてしまって腹が立った。

「いい右ストレートだったよ、神無君」

御影が神無の肩を優しく叩く。

「右手がクッソ痛いわ。小田切サンのノリで殴ったから、力加減を間違えたかも」

神無は、痛む拳を摩《さす》る。

「サムソンの動きは封じられたのかい？」

「それ、小田切サンのこと？　まあ、なんとかね」

神無は苦笑しつつ、御影に事の次第を説明しようとする。だが、そんな余裕はなかった。

「御影さん、神無さん！」

百花の鋭い声に、二人は無花果の方を見やる。

すると、倒れていたはずの彼は、いつの間にか起き上がっていた。

「マジか。だいぶイイ感じに入ったと思ったんだけど、いよいよ自信をなくして来たわ……」

「いいや。君の打撃は効いているはずだよ」

御影は無花果を注視しながら、ステッキを構える。

無花果はゆらりと立ち上がるものの、その足取りはおぼつかない。腫れて赤くなった頬を摩りつつ、二人を見据えた。

「手札が、一つ増えた」

相当なダメージを負っているにもかかわらず、無花果は平然とした表情だった。ただ悠然と、御影と神無に向かって来る。

彼の周囲に、灰燼《かいじん》が舞い始めた。御影のように、風の力を行使しようとしているのだ。

「ゾンビみたいなやつだな……！」

神無は、御影と百花を庇うように前に出る。小田切との戦いで先読みの能力に目覚めたとはいえ、行使するのは躊躇った。

仕留め損ねて、無花果に模倣されては敵《かな》わない。先を読まれては、神無と御影になす術はなかった。

だが、不意に無花果の足が止まる。

彼の身体は大きくぐらつき、やがて膝をついた。

「え、何……？」

神無達が目を丸くする前で、無花果は二、三度咳き込んだ。口を押さえた彼の手には、べったりと血糊《ちのり》がこびりついていた。

「お前……！」

無花果は、しばらく自分の手のひらを見つめていた。

そして、不意にこう言った。

「時間切れ」

無花果はぐいっと口を拭う。顔は真っ青なのに、本人の表情は平然としていた。

「時間切れって……」

「それじゃあ」

無花果はそう言ったかと思うと、纏っていた風を一気に解放する。灰燼が舞い上がり、神無達の目をくらませた。

「このっ……！」

風を振り払った後には、無花果の姿は消えていた。どうやら、風を煙幕代わりにして撤退したらしい。

「終わった……のか……？」

「いやはや、すっきりした終わり方ではなかったけれど」

御影は服についた灰を払い落す。

「神無さん、御影さん……！」

周囲の安全を確認した百花は、物陰から飛び出して二人に駆け寄る。

「すいません、私のせいで……！」

「そこは、お礼の方が嬉しいかも」

神無がおどけるように言うと、百花は安心したように微笑んだ。

「有り難う御座います、お二人とも。お陰様で、私は無事です。でも、報酬が……」

「構わないよ。僕達の最大の目的は、報酬ではないからね」

御影は百花に微笑む。

「えっ、それってどういう……」

「うーん。敢《あ》えて言うなら、自己満足？」

神無は肩を竦めた。御影もまた、「そのようなものだね」と同意する。

「自己満足であんな人達から私みたいな子供を救ってくれるなんて、お二人はヒーローみたいですね」

「ヒーローとは程遠いけどね」

神無は苦笑する。自分に正義の味方を名乗る資格はないと、彼は強く感じていた。

「本来の報酬の代わりに、一つ条件がある」

御影の美しい指先が、百花の唇に添えられる。

「君が今日見た不思議な能力のことは、黙っておくこと。これは人に知られるべきではないことだからね」

御影に念を押され、百花はこくこくと頷いた。きゅっと口を噤む表情は真剣そのもので、約束を違《たが》えることはないだろう。

「あとは、親父さんとの待ち合わせ場所に送り届けるだけか」

神無は、あちらこちらが焼けてしまったロビーの片隅にある案内図を見やる。展望デッキまでのおおよその道順は、それで分かった。

百花もまた、携帯端末のデジタル時計を見やる。

「待ち合わせ時間までもう少しですね……！　でも、ここから先は私一人で行けますから」

「いやいや。ここまで来たんだから護衛させてよ」

「でも、もう危険はなさそうですし……」

うつむく百花は、無報酬で神無と御影をこれ以上巻き込むことを気に病んでいるようだった。

そんな彼女の傍らで、御影はすんと鼻を鳴らす。

「焦げた臭いに混じって、甘い香りがする。……気になるね」

「あー。あのコピペ野郎に近づいた時に、やけに甘ったるい匂いがしたんだよな。何処かで嗅いだような気がするんだけど……」

神無は、記憶の糸をたぐり寄せる。すると、心当たりが一つだけあった。

「高峰サンが押収した薬物の匂いっぽくない？　林檎の蜜に近いっていうか……」

「ああ。蛇の痕跡によく似ている。無関係ではなさそうだ」

御影は引き続き、周囲を用心深く観察する。

焼けたりなぎ倒されたりしている座席シートや、焦げ付いたり水浸しになっている床は、事件の痕としか思えなかった。御影と無花果は派手に立ち回っていたので、騒ぎを聞きつけて警備員が駆け付けてもおかしくなかった。

「どうして、誰も来ないんだろう」

「そう言えばそうだね。なんか、ここに来るまで物々しくてさ。あっちこっちが封鎖されて、ここもその対象だったわけ」

神無も御影のようにタクシーで来たのだが、ロビーに繋がる通路では厳《いか》つい警備員が見張っていた。旅客達が遠巻きにする中、神無は気配を殺して侵入したという。

「御影君が暴れすぎて規制線が敷かれてるのかと思ったけど、違うんだ」

「僕が警備員なら、まず、その得体の知れない二人組を止めに行くね。彼らは、こちらには足を運ばなかった。まるで、最初から知っていたみたいじゃないかい？」

「……確かに」

神無は腕を組んで唸る。

「空港内に、まだ敵がいるってわけ？」

「始末屋——つまりは、小田切君と霧島君、そして、無花果君は雇われの身だ。そんな彼らが、空港の警備員を動かせるとは思えない」

「そうか。まだ、百花ちゃんを狙った依頼主がいるんだった」

御影と神無は、お互いに沈黙する。その様子を、百花は不安そうに見上げていた。

だが、御影は百花の肩を、そっと優しく叩く。

「安心おし」

「御影さん……」

「君は僕達が守り通してみせるよ。ねぇ、神無君」

御影が話を振ると、神無もまた歯を見せて笑う。

「勿論。俺達に任せなって」

「すみませ……いいえ、有り難う御座います……！」

百花は深々と頭を下げる。三人はロビーを後にし、展望デッキを目指したのであった。

分厚い雲が覆っていて朝日が射さないためか、展望デッキは冷たい空気に包まれていた。

展望デッキからは、滑走路が一望できる。今も一機の飛行機が飛び立ったところで、絶好のビュースポットとなっていた。

それにもかかわらず、人の気配はなかった。

ただ一人、娘と待ち合わせているダブルスーツの男——西園寺《さいおんじ》を除いては。

「時間か……」

西園寺の視界に、白いつば広帽が映る。

この時間にやって来る者と言えば、娘の百花だ。顔を隠して用心深く辺りを見回しているのは、自らの命を狙う者がいたからだろう。

そんな娘に、西園寺は安心させるように微笑んだ。

「百花、よく来てくれた。大変だっただろう?」

百花は、緊張気味に白いワンピースのロングスカートを摑み、頷いてみせる。

「お前の大変な生活もこれで終わりだ。さあ、私からの——贈り物だよ」

西園寺はスーツの内ポケットに手を入れる。

取り出したのは、拳銃だった。

百花がハッと息を呑む。西園寺はその胸に照準を合わせた。

「今まで苦労を掛けてすまなかった。私が責任を持って、あの女の後を追わせてやろう」

驚愕のあまり硬直する百花に向かって、西園寺は引き金を引く。

乾いた音が展望デッキに響くものの、飛行機のエンジン音がすぐに掻き消してしまった。

「――っ」

百花は悲鳴をあげることすらままならず、その場に倒れ伏せる。デッキに長い黒髪が散らばり、うつ伏せになった身体からは真っ赤な鮮血が滲《にじ》み出した。

「ふん。結局、私が手を汚さなくてはいけなくなったな。始末屋とか大袈裟な名前を名乗っている割には、役立たずどもめ。組織からの使者も、何をやっているんだか」

硝煙を吹き消してから拳銃をしまうと、西園寺は何食わぬ顔でジャケットの乱れを直した。

「我が社があの組織と取引をしていることは、絶対に悟られてはいけない……。特に、咎人の連中には――」

「その話、詳しく聞かせてもらおうか」

不意に、背後から声が聞こえた。

「なっ……！」

西園寺はジャケットの中に手をやって振り向きざまに発砲しようとするものの、あっという間に腕を捻られ、組み敷かれてしまった。

「貴様……！」

「成程ね。犯人は父親だったわけ。始末屋に依頼したのも、空港で人払いをしたのもあんたか。娘と対面しようとしたのも自分が確実に始末するためとか、マジで受け付けねぇ」

西園寺を拘束したのは、神無だった。異能で気配を殺し、彼の背後に回り込んでいたのだ。

「くそっ、咎人か……！　だが、貴様らに話すことなど何もない！」

「あんたが無くても、俺達はあるの。それに、あんたから聞く必要なんてない」

「なんだと……」

神無は、展望デッキの出入り口を顎で指す。

すると、物陰から遠慮がちに制服姿の百花が現れたではないか。その手に携帯端末を持ち、カメラを父親に向けながら。

「百……花……？　それじゃあ、私が撃ったのは……」

「残念ながら、君が秘密を悟られたくない咎人だよ」

うつ伏せになっていた百花と思われる人物が、むくりと起き上がる。白いつば広帽と長い黒髪のウイッグを取り去ると、細やかな白髪が露《あら》わになった。

「神無君のアドバイス通り、長袖のワンピースにしてよかった。お陰で、僕の女性らしからぬシルエットを隠すことが出来たからね」

白いワンピースを着ていたのは、御影だった。彼が起きると、胸を貫いたはずの弾丸が落ちる。

「有り合わせの防弾装備にしては、役に立ったね。生憎と、愛らしいワンピースがトマトジュースまみれになってしまったけど」

ワンピースの胸には、確かに穴が空いていた。だが、豊かすぎるほどの膨らみが銃撃を防いだのだ。御影はそこに、防弾チョッキ代わりの詰め物をして、血に見せかけたトマトジュースを仕込んでいた。

「今のやり取り、全部録画させて貰ったから。後はこれをサツに渡せば、あんたは終わりってわけ」

神無は無情に言い放つ。

「くっ……！　始末屋どもは……！」

「彼らなら、僕達が退けたよ。君が幾ら叫んでもやって来ない」

御影もまた、冷ややかに西園寺を見下ろす。だが、西園寺はいささか安堵したようだった。

「そうか……。なら、早く警察に突き出してくれ……。私という証拠が失われないうちに……！」

呻くように訴える西園寺を前に、神無と御影は顔を見合わせる。

一方、そんな父親を、百花は青ざめた顔で見下ろしていた。

「お父さん、私……」

「私を父と呼ぶな！　お前とあの女は、私の過ちだ！」

「……！」

百花は絶句する。

その瞬間、西園寺の目の前にサバイバルナイフが突き立てられた。

「ひっ……！」

「もう一回言ってみろよ。テメェの鼻、うっかり削ぎ落としちまうかもしれないぜ」

神無は、始末屋達の血で赤黒く染まったサバイバルナイフを手にして冷酷に告げた。

御影もまた、口角だけ吊《つ》り上げて微笑む。

「おやおや。あまり僕達を刺激しない方がいいよ。君もご存知の通り、咎人だからね。一度過ちを犯した者は、再び過ちを犯すかもしれない」

「くっ……」

西園寺はそれ以上、何も語らなかった。

御影は高峰と連絡を取り、事情を説明する。すると、すぐに彼らは駆けつけてくれた。

「ご協力感謝する。……まったく、お前達には協力して貰いっ放しだな」

空港前にて、西園寺をパトカーの後部座席に押し込んでから、高峰は神無と御影に頭を下げる。

「まあ、気にしないでよ。俺達も、手に余るのをケーサツに押し付けてるだけだし」

「神無君の言う通りだね。僕達が出来るのは裏での武力行使くらいだから、公的なことは君達に任せるよ」

「ああ。お前達と接触した始末屋というのも、気になるが……」

「そうだね。君達が追っていた事件と何か関わりがあるかもしれない」

御影は、あの独特の林檎の香りを思い出す。

「それも含めて調べてみよう」

「頼んだよ。『禁断の果実』と製薬会社の社長、無関係とは思えない」

御影は高峰に頷いた。

「御影君、もう例の薬に呼び名を付けたわけ？」

神無は呆れたように言う。

「通称を付けた方が、話しやすいだろう？」

「まあ、そうだけど」

神無と高峰が顔を見合わせる。

「それはともかく、彼女とお前達だが——」

高峰は百花の方を見やる。百花は、ずっとうつむいていた。

「事情聴取をするために、一緒に署に来て欲しい。五十嵐《いがらし》の車が後から来るから、それに乗ってくれ」

「りょーかい」

百花の代わりに、神無がひらりと手を上げる。

高峰は再び彼らに一礼すると、西園寺を連れて署へと向かった。

高峰を見送ると、神無と御影は百花の方へと向き直る。

「百花ちゃん……」

「あっ、あの、有り難う御座いました」

百花はハッと我に返り、二人に深々と頭を下げる。

「そして、すいませんでした。御影さんには、私の身代わりとして危険な真似までさせてしまって……」

「構わないさ。僕は死に難い身体だし、万が一があってもどうにかなるからね。それより、君が無事で何よりだよ」

いつもの服装に戻った御影は、百花に柔らかく微笑む。だが、百花の表情は晴れなかった。

「私……間違ってました」

「何が？」

神無は、心配そうに問い返す。

「父は、私のことを愛してなんていませんでした……」

「……そうみたいだね」

神無が肯定した途端、百花は、堰《せき》を切るように話し始めた。今にも泣きそうな、くぐもった声で。

「親は、子を愛するものじゃないんですか？　父――ううん、あの人にとって、私があまりにも悪い子だから愛されなかったんですか？」

「それは……」

神無は百花を宥めようとするものの、上手い言葉が浮かばない。

自分を疎み、虐げて来た母親の姿がフラッシュバックするのだ。百花の疑問は、神無も母親に向けたいほどだった。

「違うよ」

答えたのは御影だった。神無と百花が、息を呑む。

「親が子供に無償の愛を注ぐというのは幻想さ。そう思いたいという人間が多いだけ。血が繋がっているからと言って、そこに愛が生まれるとは限らない。親が子を愛さないこともあるんだよ」

「それじゃあ……」

百花はすがるように御影を見つめる。そんな彼女を、御影は優しく見つめ返した。

「だから、子が親を愛さなくてもいい。無意識のうちに愛そうと思っていることを自覚し、そうする必要はないと自分に言い聞かせるんだ」

「親を愛さなくても、いい……？」

百花は掠れる声で、オウム返しに尋ねる。御影は、深く頷いた。

「そう。でも、子供の立場は弱い。一人で生きていくことは出来ないし、身近な大人で最も頼れるのは親なんだ。だから、子供は親にすがるしかない。親を愛するしかない。それが——悲しいところだね」

御影の言葉を聞き、神無はハッとした。

無償の愛を注がれているのは、親の方なのだ。親は子を愛することも出来れば、子を愛さずに捨てることも出来る。幾らでも選択肢がある大人に対して、子は親しかいない。

だから、親に愛されていると思い込み、親に愛情を返す。どんなに親に忌み嫌われても、子は親を嫌うことが出来ないのだ。

親を嫌って避けては、生きる術がないから。

自分もそうだ。母親のもとで酷《ひど》い目に遭ったというのに、今も尚《なお》、どうすれば母親に愛されたのだろうかと思う時がある。いまだに、親への未練が捨て切れていないのだ。

「じゃあ、私はどうすればいいんですか？」

百花は頭を振る。そんな彼女を包み込むように、御影は言った。

「自分の感情に素直になればいい。親は血を分けたとはいえ、他人なんだ。他人に過度な期待をしなければいい。割り切ればいい。そうすることで、幻想が生み出した束縛から逃れることが出来るはずだよ」

「親は、他人……。過度な期待をせずに割り切る……」

「そう。心の傷が癒えるのには時間がかかるだろうし、もしかしたら、癒えないかもしれない。でも、幻想にすがって過度な期待をし、傷を広げるよりもずっといい。割り切ることで、傷を覆い隠す何かが見つかるかもしれないしね」

「自分の感情に素直になったら――」

百花は戸惑いがちに口を開く。

御影は、「うん」と頷いて彼女の言葉に耳を傾けた。

「私はあの人を、憎んでしまうかもしれません。……それでも、いいんですか？」

「それでもいいんだよ」

御影は静かに微笑む。

百花は心を迷わせるように御影を見つめていたが、やがて、安堵するように息を吐いた。

「人を憎むこと——ましてや、親を憎むことはいけないことだと思ってました」

「それで他人を害するのはいけないことだけど、割り切って前に進むためならば、負の感情も必要さ」

百花の双眸は、じわりと涙に濡れる。だが、彼女はぎゅっと目を閉じて、それを堪えた。

「私は……」

「うん」

「私は、私の人生を滅茶苦茶《めちゃくちゃ》にしたあの人が憎い。母を過ちだなんて言ったあの人が嫌い。だから——」

百花は制服のスカートを摑み、決意するように顔を上げた。

「私はあの人に傷つけられた以上に、幸せになってやります。母は、私に幸せになって欲しいとよく言ってました。だから、私が幸せになることで母への手向《たむ》けになるでしょうし、西園寺さんへの報復になると思うんです」

「それでいい。君は、本当に君を愛した人だけを愛せばいいんだ。君の人生はまだまだ長いからね」

「はい！」

百花の双眸は涙に濡れていた。しかし、表情は晴れやかだった。

「こちらも、君の支援が出来ないか探ってみるよ。幸い、顔が広い友人もいることだし」

「そんな、命を助けて貰ったのに悪いです……！」

「関わった大人としての責任を果たさせておくれ。君のような若者の未来を明るくするのは、我々大人の役目だからね」

若々しい外見でありながらも、大人の紳士然とした御影の態度に、百花は「じゃあ、お願いします」と頭を下げる他なかった。

御影は満足そうに頷くと、神無の方へと視線をやった。

「君もまた、僕が未来を明るくしたい若者の一人だけどね」

「冗談でしょ。俺はもう、成人してるし。自分の未来は自分で照らすよ」

「知っているかい？　年下は年上に甘える権利もあるんだよ。そして年上は、年下に甘えてもらう権利がある」

「その流れだと、甘えられる義務じゃない？」

神無はツッコみつつも、御影の言わんとしていることを理解していた。要は、気軽に甘えていいよと言いたいのだ。

「まったく。回りくどいんだから」

神無は、御影を軽く小突く。くすくすと可笑《おか》しそうに笑う御影に、そっと耳打ちをした。

「でも、少し楽になった」

「それは何より。君もゆっくり、自らを縛り付けていたものを解くといい。僕も引き続き、その手伝いをするから」

「ん、さんきゅ」

御影は、優しく神無の背中を叩く。その手のひらが、とても温かい。

分厚い雲には、いつの間にか切れ目が入っており、眩しい太陽が天使の梯子《はしご》を象っていた。

飛行機がまた一機、地上に降り注ぐ日差しの中に吸い込まれたのであった。

都心の雑居ビルの一室が、始末屋の根城だった。

壁は打ちっ放しのコンクリートで、天井は配管が露わになっている。だだっ広い部屋の一角に、ダイニングキッチンを兼ねたスペースがあった。

そのカウンターの奥に霧島がいて、カウンター席では小田切が止血をした首筋を押さえていた。

「あー、ようやく調子が戻って来たぜ。あそこまでやられたのは久々だ」

「しばらく安静にしてろよ。仕事中に傷が開いたら目も当てられないし」

エプロン姿の霧島は、身体のあちこちについた縄の痕を気にしながら、キッチンスペースで米を研いでいた。

「たんぱく質を摂《と》りてぇな。親子丼にしてくれ」

「血をいっぱい出したんだから、鉄分を補充しとけ。今日は海鮮丼だよ」

魚買っちゃったし、と霧島は大きな冷蔵庫を指さした。

「まあ、海鮮でもいいか。特盛で頼むわ」

「はいよ」

霧島が返事をするのと同時に、鍵を開けて扉を開く音がする。このアジトの鍵を持っているのは、あと一人しかいない。

「戻ったか、無花果」

現れたのは、ダウナー系のファッションの青年——無花果だった。

擦り切れたインナーからは病的に白い肩が露出し、ぶかぶかのアウターのせいで彼の細さが強調されている。無造作に流した黒髪から、感情が読めない瞳が虚空を見つめていた。

神谷として活動していた時に着ていた服は、戦闘でボロボロになったため処分した。今着ているのは、彼の普段着だった。

小田切は気にした様子はなかったが、霧島は軽く震えた。

無花果は何を考えているか分からなかったし、たたずまいが亡霊のようで不気味だと思っていた。

「お前もこっぴどくやられたみたいだな。霧島が海鮮丼を用意してくれてるから、食っとけよ」

小田切が食事に誘うと、無花果はじっと霧島の手元を見つめながら言った。

「それじゃあ、おれは丼で」

「なんて？」

霧島が聞き返す。

「丼。海鮮抜きで、お湯で溶いたやつ」

「お粥《かゆ》って言えよ」

霧島のツッコミに無反応のまま、無花果は隅のカウンター席に腰掛ける。彼は猫背になりながら、アウターのポケットから瓶を取り出した。

中には、色とりどりの錠剤が入っていた。彼はジャラジャラと手のひらに無造作に載せると、一気に口に放り込んだ。

霧島が冷蔵庫からペットボトルの水を取り出し、無花果に放ってやる。無花果はそれを受け取ると、ペットボトルを呷《あお》って飲み干した。

「ありがと」

「水をやらないと、お前は薬を嚙むから……。っていうか、そんなに薬飲む必要あるのか？」

「さあ？」

「さあ？？？」

霧島は目を剝く。

無花果は気にせず瓶を逆さにした。しかし、何も出て来ない。瓶は空になっていた。

「薬が切れた。霧島、取って来て」

「無理だよ。お前ンとこの組織、俺らみたいなフリーは入れてくれないだろ？」

「じゃあ、小田切」

無花果は小田切に顔を向ける。だが、小田切は肩を竦めた。

「俺も霧島と同じだ。入れて貰えねぇだろうな。お前のことなんだから、お前が行けよ」

「だるい……」

無花果はカウンターに突っ伏す。「ええー……」と霧島の呆れるような声がした。

「あの親子とともに情報がケーサツの手に渡ったも同然だし、俺達の仕事は失敗か。飽くまでも、目的は口封じだったからな」

小田切の言葉に、「うん」と無花果は頷いた。

「じゃあ、お前は組織に戻るの？」

霧島が無花果に問う。

「まだ一緒にいろって」

「俺達も気に入られたもんだな。もう、一般人は襲わねーぞ」

小田切は苦笑するが、無花果はカウンターに突っ伏したままだった。

ひんやりとしたカウンターの冷たさが、腫れた頬に染みる。無花果はそうやって、対峙した相手のことを思い出していた。

「神無と、御影だったっけ……」

「おっ、あの二人か？　お前が覚えているなんて珍しいな」

「珍しく負けたからじゃないか？」

小田切と霧島の言葉には応えず、無花果はぼんやりと虚空を眺めていた。

あの二人と離れてしまったので、『複製』の異能は使えない。一定の範囲内にいる咎人にのみ有効なのだ。

だが、二人の能力を得た時の感覚は残っている。それを呼び起こし、じっくりと味わった。

「なんか、不思議な感じ」

今まで異能を模倣した咎人とは違う。無花果はそう感じていたが、その違いは言語化出来なかった。


数日後、百花の引き取り先が見つかった。

正確には、彼女を匿《かくま》う場所だが。

「それじゃあ、うちでしばらく面倒みるから」

池袋の事務所にて、艶やかな黒髪の凜々《りり》しい顔つきの女性は、気風のいい笑みを浮かべて自らの胸を叩いた。

「すまないね、茉莉花《マツリカ》嬢。同性の方が彼女も安心するかと思って。それに、咎人でない君ならば、彼女に寄り添えるだろうから」

「まあ、事情が事情だしね。出来るだけ不自由させないようにするわ」

御影と話している女性の名は、茉莉花といった。

彼女は以前、ある事件で御影と神無と接触したのだ。彼女が所属している『アリギエーリ』という会社は、異能力者限定の人材派遣会社であり、公的な機関とも密かに繋がりを持っていた。

「百花君が持っていた情報を手に入れようとしたり、口封じしようとしたりする者が現れないとも限らなかったが、西園寺氏も逮捕されたことだしね。情報は警察に渡ったと考え、次の一手に移る者が大半だろう」

オリーブ色の瞳の浮世離れした美しい青年が、御影が出した紅茶を口にしながらそう言った。

彼の名は灰音《カイネ》。『アリギエーリ』の社長だ。文筆業も営んでおり、灰音という名前は筆名らしい。

「つまり、か弱い女子高校生を追いかける連中は減るってことか」

神無は、御影が腰掛けるソファの後ろの壁に寄りかかりながらそう言った。

御影の隣には、百花がちょこんと座っている。

「でも、まだ安全ではないんですね」

「ああ。関わっていた組織が少し——厄介でね。私の方で探りを入れてみよう。君が早く、学校に復帰出来るように」

灰音の真摯な瞳に、百花はほのかに安堵したようだ。少しだけ肩の力が抜けたように見えた。

「しばらくはうちにいなさい。潜伏先にはもってこいだからね」

茉莉花の頼もしい提案に、百花は頭を下げた。

「有り難う御座います、何から何まで。でも、お手伝い出来ることは言ってくださいね。私、守られるだけでは心苦しいので……」

百花の言葉に、茉莉花と灰音は顔を見合わせる。

「それならば、住み込みのアルバイトとして君を雇おうか。茉莉花君、事務処理を彼女に任せてみてはどうかな」

「ああ、いいわね。現場と事務の兼任、なかなかハードだったし」

「やります！　事務でも現場でも！」

百花は気合充分で立ち上がる。

「いや、現場は本当に危ないから……。でも、お言葉に甘えて手伝いはお願いするわ。その分、バイト代も出すし」

ね、と茉莉花は灰音に振る。

「ああ、勿論。これで無給にしたら、私が茉莉花君にドラミングで威嚇されてしまう」

「人をゴリラ扱いしないでくれる……？」

茉莉花は笑顔を引きつらせる。

それを見た神無は、ぷっと噴き出した。

「ははっ、茉莉花ちゃん相変わらずじゃん」

「私は年上なんだから、ちゃん付けはいい加減やめて貰えるかしらね……！」

茉莉花はドスドスと己の胸を叩いて威嚇する。ゴリラというよりは、鬼瓦のような形相だ。

「うわっ、怖っ！　ドラミングされるとマジで怖いわ」

ソファの背後に隠れる神無を、御影と灰音は微笑ましげに眺めていた。百花は呆気に取られていたが、やがて、くすりと笑う。

「裏社会に通じる人達って、怖い人ばかりだと思ってたんですけど、皆さんみたいな人達もいるんですね」

「まあ、異能使いだろうと前科者だろうと、一応人間だしね」

神無はソファの後ろからそろりと顔を出し、そう言った。

「不思議な力を使ったのを見た時、本当は、ちょっと怖かったんです」

百花は申し訳なさそうにそう言った。

「最初に御影さんが炎を使って始末屋を撃退してくれたのも、不思議な力じゃなくて兵器の一種なんだと思うようにしてました。私の知らない世界のことを知ったら、もう二度と、日常には戻れない気がして」

百花の話を聞いた茉莉花は、テーブル越しに彼女の肩をそっと叩いた。

「知らない世界に足を踏み入れたら、二度と元通りにはならないかもしれない。でも、あなたが望む未来があるのなら、歩き続ければきっと辿り着けるはず。ちょっと遠回りになるかもしれないけど、いつかは、必ず」

百花は、学校に通い、友人達と他愛のないお喋りをするという日常を取り戻したがっていた。今までとは少しだけ形が変わってしまうかもしれないが、彼女が諦めなければ、願いは成就するかもしれない。

「頑張ります！」

親の因縁で道を踏み外さざるを得なかった少女は、自分が望む自分だけの道を歩むための一歩を踏み出す決意をした。


「有り難う御座いました、神無さん、御影さん」

百花は何度目か分からない礼を言い、茉莉花達とともに事務所を去ろうとする。

「お二人がいなかったら、私は今頃、西園寺さんに殺されていました。それに、お二人がいなかったら、彼が抱え込んでいた秘密も正しい人達に明かされなかったでしょう」

「俺達もやるべきことが出来たし、持ちつ持たれつってやつ。気にしないでよ」

神無は歯を見せて笑うと、ひらひらと手を振った。

「願わくは、今後も私のように無力な一般人を助けてください。私達は必要なんです。あなた達のように、無力な者の代わりに何かを成し得てくれる人が」

「いうなれば、執行代理人というところかな」

百花の言葉を受け、灰音が言った。

「それは良いいね。流石は詩人ダンテ。使わせて貰おうかな」

御影は灰音に称賛を送る。

百花は茉莉花とともに事務所を去り、灰音もまた後を追おうとしたところで、思い出したように足を止めた。

「そうだ。君達には伝えておこう」

「どうしたんだい？」

首を傾げる御影と神無に、灰音は周囲を用心深く見回すと、小声で告げた。

「彼女の父親の製薬会社が関わっている組織を調べてみたんだが、その中に、『方舟《はこぶね》機関』の名があった」

「なっ……！」

御影と神無は言葉を失う。

『方舟機関』というのは、灰音達と関わった事件の中心となった組織だ。

彼らは、来《きた》るべき終末に備えて人類を進化させようとしており、そのために異能力者である咎人を集めていた。そして、咎人の後天的な異能力を利用し、一般人に咎を背負わせずに異能を与えようとしていたのだ。

そのために、非人道的な実験で虐げられた咎人もいた。灰音もまた、恋人を喪《うしな》っている。

「でも、組織は滅びたんじゃなかったわけ？」

神無が言うように、『方舟機関』はとっくの昔に壊滅していた。だが、それでも残党が活動を続けていて、茉莉花と灰音の前に立ちはだかったのだ。

「残党がまた、組織を再興しようとしているのかもしれない。詳細は私も探ってみるが、まずはこの事実だけを君達に共有しておいた方がいいと思ってね」

「恩に着るよ。僕達の方でもアンテナを張っておくけれど、君も気を付けて」

御影の気遣いに、「ああ」と灰音は頷き、茉莉花達を追うように去って行った。

三人の背中が雑踏の中に消えると、神無は深い溜息を吐く。

「あー、マジか。まだ、一般人を異能使いにするってのを諦めてないわけ？　胸糞悪《むなくそ》すぎでしょ」

「確かにね。ただ、残党ならば違う目的があるかもしれない。彼らも一枚岩ではないようだから」

「それもそうか……」

神無は事務所に入ろうと踵を返す。看板も何もない素っ気ない入り口を見て、再度溜息を吐いた。

「なんかさ、オープンやクローズの札くらいは下げない？　百花ちゃんがここの戸を叩いたことが奇跡っていうレベルで事務所感ないんですけど」

「確かに。彼女のような急を要した依頼人が、すぐに飛び込めるようにした方がいいだろうね。そろそろ表札を発注しようか」

「表札の方にするの？　結局、名前はどうするのさ」

神無の問いに、御影は意味深長に微笑んだ。

「百花嬢とダンテの案を使わせてもらうよ」

「執行代理人ってやつ？」

「そう。『池袋執行代理事務所』という名前はどうかな。そして僕達が、執行代理人というわけさ」

「池袋ナントカって、ちょっと昭和とか平成初期のセンスじゃない？」

口では揶揄《やゆ》するものの、神無は満更でもなさそうだ。

「別の名前にするかい？」

「いいや。これで上等」

御影がひらりと手を上げると、神無はぱちんと重ねてみせる。

多くの人が行き交い、雑居ビルに囲まれた池袋の一角で、二人の執行代理人は、ともに事務所へと消えて行った。

3.5

Criminal Stigmata

切り裂きジャックとカインの散策

カーテンが引かれた窓の外が夜に包まれる中、屋敷の居間はシャンデリアの灯りに照らされていた。

一日の家事を終えたヤマトを部屋まで見送った後、御影《みかげ》は居間のソファで優雅に読書をしていた。

蓄音機が奏でるクラシック音楽に、ページをめくる音が重なる。そのハーモニーに、絨毯《じゅうたん》を踏みしめる音が混ざった。

「ああ、神無《かんな》君。湯加減はどうだった？」

御影が顔を上げると、風呂上がりの神無が佇んでいた。身体が温まっているためか、ほんのりと頬を紅潮させている。

「それなりに良かったよ。お陰様で、一日の疲れが吹っ飛んだ」

神無はそう言ってから、悪戯《いたずら》っぽく微笑む。それに気づいた御影は、本をぱたんと閉じた。

「おや。いけない顔をしているね？」

「別に。今日は色々あったし、御影君は特にお疲れだろうから、お楽しみの時間を提供しようと思ってるだけ」

神無は蓄音機を止めると、そっと御影に歩み寄る。

そして、Tシャツの襟ぐりを引っ張り、瑞々《みずみず》しい首筋をさらけ出した。

「血、欲しいでしょ？　労働の後のお楽しみってことで」

挑発的な笑みを浮かべる神無に、御影もまた、くすりと微笑む。

「その割には、君も楽しそうだけど」

「バレた？」

神無は、悪戯っぽく舌を出した。

御影が手を差し伸べると、神無は待っていたようにその手を取る。

御影に覆い被さるようにソファに膝をつき、神無は自らの首筋を捧げた。

「僕の牙が疼いていることを知って挑発するなんて、いけない子だ」

御影の吐息が神無の耳をくすぐる。飢えているためか、粘りつくように熱かった。

「君がこんな俺にしたんだけどね。責任、取ってくれる？」

負けず嫌いの神無の口からは、つい、そんな言葉が零《こぼ》れてしまう。御影が笑った気配がしたかと思うと、鋭い牙が無防備な首筋に当てられた。

「――っ」

御影の牙が勿体《もったい》ぶるように首筋をなぞったかと思うと、次の瞬間、鈍い痛みが神無を襲った。

突き立てられた牙が食い込む感触を覚えながら、神無は痛みに耐える。

「……っく」

自然と緊張で身体が張り詰めるが、御影の手が神無の背中に伸びた。滑らかな指先が優しく神無の背中を撫で、緊張は次第にほぐれていく。

「はっ……あ……」

生温かい鮮血が、神無の首筋を濡らす。御影の唇が重なって血を啜《すす》り始めると、痛みは何処か心地《ここち》好いまどろみへと変わった。

神無はたまらずに、御影の手に指先を絡める。

御影の吸血行為は、儀式の一種だ。

互いの魂が混ざり合うような感覚に、神無は全てを委ねる。咎人《トガビト》になった代償で、他者との繋がりに執着するようになってしまった神無の飢えが、満たされる瞬間でもあった。

「みかげ……くん……」

「……なんだい？」

神無はいつの間にか、御影の手をきつく握っていた。御影はそれに応えるように、やんわりと握り返す。

「……名前、呼んだだけ……」

「そうかい。嬉しいよ、神無君……」

御影は妖艶に微笑み、神無の顔を覗き込む。

唇が血に濡れた姿は、何度見ても美しいと神無は思った。見るものを惑わせる、魔性の美貌だ。

御影の赤い瞳は獣のような獰猛《どうもう》さを孕んでいたが、同時に、慈しみも内包していた。それは、単なる獲物ではなく、愛しいものへと向ける眼差しだ。

「君をこんな風にした責任、どう取ろうか？」

「さてね。ちょっとやそっとじゃ取れないでしょ」

神無がにやりと笑うと、御影もまた、唇についた血を嘗《な》めとりながら意味深長に笑い返した。

「それじゃあ、ずっと君のそばにいて、責任を取らせてもらうよ」

「それ、俺が地獄に落ちた後も続くことになるけど」

「いいじゃないか。君との地獄紀行、楽しそうだ」

「同感」

大罪を犯した自分達は、どうせ罪を清算した後も地獄行きだろう。特に神無は、そうでないと割に合わないと自覚していた。

だが、御影と一緒ならば、どんな責め苦にも耐えられるだろう。二人で一緒ならば、どんな困難でも乗り越えられるという確信があった。

しかし――。

「……神無君?」

神無の表情が曇ったのを、御影は見逃さなかった。

「いや、今までは御影君と一緒なら、なんでもイケるって思ってたけどさ。今日はちょっと、危なかったなって」

「――『複製』の異能だね」

「そう」

神無は頷く。

神無が合流したことで、『複製』の異能の使い手である無花果《いちじく》は『暗殺』の異能の一端を使えるようになった。彼はどうやら、複数の異能を同時に複製し、自分のもののように使えるらしい。

「俺と御影君の異能を同時に使うとか、反則じゃない？　まあ、向こうは制限があるみたいだけど……」

時間切れだと去って行った無花果を思い出す。彼自身は平然としていたが、血を吐く様子は尋常でなかった。

そんな無花果の感情は、一切摑めない。希薄な気配もあわさって、亡霊のように不気味な相手だと神無は思った。

「まさか、二人揃った時に不利になる相手がいるとはね。僕も予想外だったよ」

「あれで小田切《おだぎり》サンが乱入したら、三つの異能を複製出来ることになるんだよね。まあ、小田切サンがやべーのはフィジカルの方だけど」

それにしても、『跳躍』の異能があれば、機動力が格段に上がる。それで『暗殺』や『元素操作』を組み合わせられたら、かなりの脅威だ。

「出来る限り、関わりがないことを祈りたいところだけど……」

御影は続く言葉を紡げないでいた。その気持ちは、神無も分かる。

西園寺《さいおんじ》は『方舟機関』と関わりがあった。そして、その秘密を抹消しようと無花果らは動いていた。

方舟機関は、特に御影と深く関わりがある。

それに加えて、高峰《たかみね》達が調査している事件との関連も、無いわけではなさそうだった。

「また、あいつとぶつかることになるのかな」

「そうかもしれないね」

「……チッ」

神無は思わず、舌打ちをしてしまう。

御影とならば、どんな困難にも立ち向かえそうな気がする。だが、無花果だけは未知数であり、脅威でもあった。

「大丈夫」

御影は神無をあやすように、彼の頭をそっと撫でる。すると、神無のざわつく胸の内が、少しだけ穏やかになった。

「彼がどんなに僕達の異能を複製出来たとしても、僕達は二人なんだから」

「……うん」

お互いにフォローし合えるはず。御影が言わんとしていることは、神無にも伝わった。

御影はそっと微笑すると、血が固まりかけた神無の首筋を唇でなぞる。不意を突かれた神無は、ぴくんと身体を震わせた。

「この極上の息抜きもいいけれど、もう少しじっくりと癒しの時間を取った方がよさそうだね。地獄に落ちる前に、天国に付き合って貰えるかな？」

天国とはどこか。何かの暗喩のはずだが、神無は見当がつかなかった。

だが、この状況で出来る返事は一つしかない。

「なんなりと、相棒」

神無の返答を聞き、御影は満足そうでありつつも意味深長に頷いたのであった。


午後の陽気に混ざって、獣のにおいがする。

神無が御影に連れてこられたのは、上野動物園だった。

「ああ。癒しって動物的な……。成程ね」

神無は、パンダ舎にずらりと並ぶ人々を見て、納得した。どうやら、パンダが生まれたとかで、パンダ舎の前は盛況だった。

「まあ、別にいいけどさ。ヤマト君じゃ癒しにならない？」

「あまりしつこく撫でると嫌がるんだよ」

「そりゃそうだ」

ヤマトはどうやら咎人の一種らしいし、猫を愛《め》でるようにはいかないだろう。そもそも、猫だって構いすぎると牙を剝く。

「だから、色々な動物を眺めて癒されようと思ってね。パンダを見たかったけど、かなり待たないと難しいかな」

御影は、ごついカメラを持った人達が並ぶパンダ舎を見やる。すでに長蛇の列が形成されていて、子どもから大人までがそわそわと自分の順番を待っていた。

「上野って言ったらパンダだし、まあ、並ぶよね。また今度にしたら？」

「そうだね。他の動物も愛らしいから」

パンダ舎に背を向け、御影は歩き出す。神無もまた、御影に歩調を合わせながら進んだ。

「御影君って、動物園だと何が好きなわけ？」

神無の質問に、御影はややあって答えた。

「トラは好きだね」

「あの案内板を見たでしょ」

神無は、順路を示す案内板を顎で指す。どうやら、進行方向にトラ舎があるらしい。

「好きな動物が多くて挙げ切れないからね。トラも好きなのは本当だよ」

「ふーん。ネコ科だから？」

「当たり。よく分かったね」

「いや、めちゃくちゃ分かりやすいし」

黒猫の姿のヤマトに対する溺愛具合や、猫を模したアクセサリーを積極的に作るところを見ると、彼の猫への偏愛っぷりがわかる。

猛禽類《もうきんるい》のいる背の高い檻《おり》を横切ってしばらく行くと、トラを展示しているエリアに辿り着いた。

「おっ、起きてるじゃん」

分厚いガラス越しに、凜々しい顔つきのトラがのしのしと歩いていた。

幼稚園の遠足で来たのか、大人に引率された子供たちがガラスに張り付いて、「すげー」とか「かっけー」と称賛の声をあげる。

だが、トラは我関せず、しなやかな身体をくねらせながら、縄張りを主張するかのようにガラスの向こうをぐるぐると回っていた。

「気持ちがいい日和だから眠っているかと思ったけど、元気なようで良かった」

御影はガラス越しにトラを見つめる。

神無は何となく、そんな御影を眺めていた。

トラを眺める横顔は、無邪気な子供とそれほど変わらない。

御影は三十路だというのに、不思議なところで子供の面影を見せてくれる。

このアンバランスで刺激的な相棒といると、退屈しない。願わくは、この先もずっと、変わらぬ日々を過ごしたいと神無は思った。

「それにしても、トラは美しいね……」

「わかる」

「ふふっ、僕の屋敷に一頭欲しいくらいだよ」

「こらこら」

神無は思わず、御影をガラスから引き剝がす。トラも心なしか、後ずさりをしたように見えた。

「トラなんて侍《はべ》らせてたら、それこそ、やべー金持ちみたいじゃん」

似合いそうだけど、という一言は、心の中に秘めておいた。

「やばいというのは心外だね。許可さえ得ることが出来れば、一般人でもトラを飼育出来るんだよ」

「マジで？」

神無は目を剝いた。

「ただし、トラを輸入することは出来ないから、国内のトラをどうにかして手に入れる必要があるけど……」

御影の視線は、自然とトラの方へ向けられる。すると、トラは警戒したように唸り出した。

「獲物を見るような視線はやめなって。あいつも嫌がってるじゃん……」

「失敬。仮定の話さ。トラの調教に興味はあるけど、生憎と、そこまで時間の余裕がないしね」

「まあ、御影君は多趣味だから……」

寄せられる依頼を差し引いても、御影は多忙極まりない。料理や裁縫に、ガーデニングや読書など、御影は常に趣味に生きており、何もしていない時間はほとんどない。

「トラも構ってもらえなかったら拗《す》ねるだろうし」

「神無君のようにかい？」

「俺は拗ねてないから……！」

神無は御影の背中をグイグイと押し、次のエリアへと向かう。

御影に刺激を求めていた神無だが、やはり、ほどほどにして欲しいと切に願った。

「おや、神無君。ゴリラだよ」

「マジだ……」

順路通りに歩いていくと、少し広めのゴリラのゾーンがあった。

ガラスに張り付くように並んでいる子ども達の後ろからひょいと覗くと、毛布を被って遠い目をしているゴリラが窺える。

ゴリラは身体つきこそ逞しいが、その表情は理知的でいて、澄んだ瞳には繊細な感情が見え隠れしているようだった。

「ゴリラって、見た目が厳ついから乱暴そうなイメージがあるけどさ、改めて見ると品性があるっていうか、イケメンだよね」

「彼らは知能が高いから、無駄な争いを避ける傾向にあるようだね。ただ、その分、我慢をするからストレスに晒されるわけだけど」

「あー。ゴリラが繊細って言われるのって、その辺か。強いけど拳を揮《ふる》うべきところを見極めてるなんて、ますますイケメンじゃん。推せるわ」

「特定のレディを連想させるよね」

「俺はそこまで言ってねーし！」

二人の脳裏には、拳を構える茉莉花《マツリカ》の姿があった。

茉莉花はかつて、拳に物を言わせることがあったため、ゴリラと呼ばれていたらしい。しかも、灰音《カイネ》にそれを話した際に、全くフォローされずに定着してしまったという。

「いやでも、ゴリラもカッコいいし、茉莉花ちゃんもカッコいい女の子だし、実質は一緒……？」

「それを本人の前で口にして、ドラミングされないようにね」

御影はおかしそうに笑いながら、ゴリラの前を後にする。「言わないし！」と神無もまた足早に続いた。

「でも、茉莉花ちゃんはガチでドラミングしてくるあたり、ゴリラを受け入れちゃってるんだよなぁ」

「神無君はどちらかというと、豹だけどね」

「なに、藪《やぶ》から棒《ぼう》に」

神無は目を丸くする。御影は、しれっとした顔をする。

「君は動物に喩えたら何かなと思って」

「そういうスマートな動物は女の子に譲らない？　まあ、光栄だけどさ」

「以前、上野動物園では黒豹が脱走する事件があってね。大抵のことに縛られるのを嫌がる君によく似ていると思って」

「そんなビックリエピソードに絡めて豹だと思ったわけ⁉」

神無は思わず目を丸くしてしまう。

「あの時は大変でね。特別警備隊や猟友会などが黒豹を捜しにやって来て、辺りは騒然となっていたのさ。ラジオではしきりに黒豹の脱走を報じ、住民はみんな家に閉じこもっていてね。結局、黒豹はマンホール下にいるところをお縄になったのだけど」

「初耳なんだけど、それ。昭和の事件？」

「そう。昭和十一年の事件だね」

「……御影君、本当に三十路だよね？」

さも見てきたかのように語っていた御影に、神無は疑いの眼差しを向ける。

「どうだろうね、ふふふっ」

「否定してくれねーかな……」

ただでさえ実年齢よりも成熟した部分を見せることがあるので、実は百歳くらいなんじゃないかと疑ってしまう。

「ところで、僕はどうかな」

「何が？」

「動物に喩えると、何になるのかと思って」

その前に疑惑を解いて欲しいと思いつつも、神無は律義に思案する。

「んー、コウモリとか？」

「おや、吸血鬼からの連想かい？」

御影は苦笑する。

「夜っていうか暗がりに強いところとか」

「ああ、なるほど」

「それと、獣だか鳥だか曖昧なところ。おじさんだかおじーさんだか分からないところがソックリだし」

「おやおや、言ってくれるね。コウモリが飛べる獣であるように、僕は老人のように振る舞う三十路だよ」

神無のさり気ない反撃を、御影はさらりといなす。

「まあ、コウモリはつぶらな瞳で愛らしいから、褒め言葉として受け取っておこうか」

「ポジティブ過ぎでしょ。いや、確かによく見ると可愛いんだけどさ」

選択を間違った、と神無は空を仰ぐ。

御影がコウモリのように繊細で小さな生き物だったら、どんなに可愛かっただろう。図太くて一筋縄ではいかない生き物はいないだろうかと思いながら、神無は先を行く御影について行った。


上野動物園は二つのエリアに分かれている。

神無は御影とともに、橋を渡って次のエリアに向かおうとしていた。

上野恩賜公園の緑に囲まれ、遮る人工物があまりない。木漏れ日が心地よく、張り詰めていた気持ちが自然と解きほぐされる。

平日だというのに、意外とファミリーも多かった。今も、キリンを見るんだと張り切った男児が、神無の真横を駆け抜けていった。母親と思しき女性が、慌てた様子で男児を追いかけている。

「はー、平和すぎるんですけど」

「本当だね」

神無の呟きに、御影が頷く。

視線の先では、丁度、男児が母親に首根っこを引っ摑まれたところだった。母親の方はぐったりしていたが、男児は追いかけっこが楽しかったらしく、無邪気に笑っている。

彼らの頭上の空はどこまでも青く、雲一つない。風は爽やかで、時折、前髪を優しく撫でるだけだった。

とても、彼らが暮らしている裏で異能使いが暗躍しているようには思えない。平凡でいて退屈なほど平和な光景だ。

「天国ってこんな感じかな」

「どうしたんだい、急に」

「いや、御影君が動物園を天国に喩えてたし」

神無は御影を軽く小突いた。

「ああ、そうだったね。すっかり失念していたよ」

「失念するなって。真剣に考えてた俺がバカみたいじゃん」

神無は、口を尖《とが》らせてみせる。

「僕は単純に、愛らしい動物たちに会える場所として天国と喩えたのだけど」

「俺の深読みし過ぎってわけ」

「詩的で僕は好きだよ」

御影は悪びれる様子もなく微笑む。

「御影君に詩的とか言われたら、いよいよポエマーだわ」

橋を渡り切った二人は、ペンギンのプールの前までやって来る。その奥には、フラミンゴのエリアがあった。

フラミンゴが鮮やかな紅色の羽を広げ、優雅に歩くさまは、天の国の生き物だと言われても納得がいく。

「なんか、自分には縁がなさすぎて天国のことなんて考えたことがなかったけどさ。天国ってアレでしょ。神様とか天使とかがいて、善人しか行けないところ。だったら、雨風みたいな煩わしいものはなく、争いが起こらずに平和な時だけが流れるっていう感じかと思って」

「正確には、天国は特定の宗教の敬虔《けいけん》なる信者が永遠に祝福を受ける場所だね。仏教だと天国に相当するのは極楽浄土かな」

「ああ、そうだった。元々、キリスト教とかその辺の概念か」

「地獄に相当する場所も、宗教によって異なるね。仏教の地獄は閻魔天《えんまてん》が仕切っているけど、キリスト教では魔王ルシファーがいるのさ。僕に力を貸してくれるアスモデウス公達がいる場所も地獄だね」

「そう考えると、地獄の方が面白そうじゃない？」

神無は、紳士の姿で現れたアスモデウスを思い出す。

本来は恐ろしい姿で強大な力を持つ魔神だが、電子マネーを駆使したりスタバで歓談したがったりと、なかなか俗世に染まっていた。

「それは君が、変化と刺激を求める性格だからかもしれないね。彼らの多くは、天の国に変化を齎《もたら》そうと神に反旗を翻し、堕天に至ったわけだから」

御影はペンギンのプールの前の柵に寄りかかり、空を仰いだ。

「そんな神無君にとって、動物園は少しばかり刺激がなさすぎたかもしれないね」

「いや、そんなことないし」

神無もまた、御影の隣で柵にもたれる。

「いつも刺激ばっかりじゃ疲れるしさ。緩急が必要なわけ。平穏な時を過ごしてこそ、次の刺激がいいものになるんじゃない？」

「ふふっ、それは同感だ」

御影は可笑しそうに笑った。

「なに笑ってんの」

「まさか、僕が君に諭されるとはね」

「若者だって、色々考えてるんだよ」

神無はそう言って、ぼんやりと空を眺めているペンギン達を見やる。

先ほどのゴリラとは打って変わって、何かを考えているかもよくわからない顔をしているが、こちらが驚くほど知的なことで頭がいっぱいかもしれない。

「動物園に連れ出してくれたのは感謝してる。なんだかんだ言って、可愛い動物は癒されるしね」

「それは何より。気に入って頂けたようで光栄だよ」

「それに、刺激ばっかりの場所にいたら、そうじゃない場所での過ごし方を忘れちゃいそうだし」

それこそ、彼らの事務所は平穏な場所で過ごす平凡な人々のために開いた場所だ。彼らと繋がるためにも、彼らの暮らしを忘れてはいけない。

「それじゃあ、もう少し刺激のない日常に浸っていようか」

「りょーかい」

御影が柵から身を離すと、神無もまたそれに続く。

「俺さ、オカピ見たいんだけど」

「ああ。可愛いよね」

「それだけじゃなくて、あいつ、尻と脚だけストライプでオシャレなんだよね。あのデザイン好きだし、せっかくだから、撮っておきたいっつーか」

神無は携帯端末で写真を撮るジェスチャーをする。

オカピとは、シマウマのような風体をした鯨偶蹄目《くじらぐうていもく》のキリン科だ。特徴的な縞模様《しまもよう》は、彼らが住まうジャングルでは保護色になるという。また、縞模様には個体差があるため、子が親を識別するのにも役立つそうだ。

「オシャレな動物が好きならば、孔雀《くじゃく》もお好みかい？」

「そこまで行くと華やか過ぎるんだよな。サンバカーニバルみたいなのは方向性が違うっていうか。シックな色合いでどう魅せるかっていうのが重要なわけ」

早口でずばりそういう神無に、御影は一瞬だけ虚空を見つめたかと思うと、納得したように「ふむ」と頷いた。

「神無君の意外なこだわりが見られて、僕は嬉しいよ」

「面倒くさい一面を見たって言ってくれていいんだからね？」

物は言いようだな、と神無は思う。

「おや、神無君。高峰君だよ」

「へ？　高峰サン、今日も非番なわけ？」

神無は御影が指さした方向を見やるが、フェンスに囲われた中に巨大な鳥が佇んでいるだけだった。

「ハシビロコウじゃん……」

ごつい嘴《くちばし》と分厚い翼、そして、大地を踏みしめるしっかりとした脚。小学生くらいの大きさの鳥が、しかめっ面で水面を見つめている。

その眉間に皺《しわ》でも寄っていそうな顔は、高峰とよく似ていた。

「いつ見ても凛々しいね。あの鋭い眼光、彼にそっくりだ」

「なんか妙に人間らしい顔つきだしね。高峰サンがハシビロコウに似ているっていうか、ハシビロコウが高峰サンに似てる説あるわ」

置物のように動かないと思いきや、フェンスの向こうのハシビロコウは唐突に翼を広げる。羽根の一枚一枚が大きく、羽ばたく度に風を切る音が聞こえてきそうだ。

「たしか、この動物園はハシビロコウも推していたね。高峰君にお土産としてハシビロコウのグッズを買って行こう」

「それ、善意か嫌がらせか、判断に困るやつだね……」

高峰がハシビロコウ以上のしかめっ面になるのが目に浮かぶ。

「お土産を買うのは、君の一押しのオカピを見て、他の動物も一通り楽しんでからだけどね」

「その後はどうするわけ？」

神無の口から、自然とそんな言葉が出た。

どうやら、動物園を堪能しただけでは足りないらしい。そのまま屋敷に戻るのは気が引けた。

それを察してか、御影はにっこりと微笑む。

「不忍池でボートにでも乗ろうか。あれは二人じゃないと難しいしね」

「出たよ。デートの鉄板コース」

神無は何度か不忍池に赴いたことがあったが、いずれも女性連れであったし、ボートに乗っているのも男女のカップルばかりだった。

「僕が相手ではご不満かい？」

「いや」

悪戯っぽく問う御影に、神無はさらりと答える。

「デートコースだろうがそれ以外の何かだろうが、御影君と一緒なら何だっていいや」

それが天国であっても地獄であっても、パートナーが一緒にいれば何でもいい。

結局、御影の隣が一番いたい場所なのだと、神無は自覚する。

それに気づいたのか、御影もまた満足そうに微笑むと、そっと手を差し伸べた。

「それじゃあ、行こうか。まずはオカピのところに」

「そうだね」

二人で一緒に。

神無はそう付け足す代わりに、御影の手をそっと取ったのであった。

report　著者の現場潜入録

『咎人《トガビト》の刻印』シリーズが始動してから、今まで縁がなかった現場に行けるようになり、急速に人生経験を積んでいる気がする。

これも、買い支えてくださっている読者さまと関係各位の皆さまのお陰なのだろう。この場を借りて、皆さまにお礼を申し上げたい。

さて、本章は著者がお邪魔した現場で感じたことを綴《つづ》ったものである。読者さまに現場の空気と著者の興奮を少しでもお伝えできれば幸いだ。

皆さまは、本シリーズのボイス・ミニドラマをお聴きになられただろうか。

『咎人の刻印　デッドマン・リターンズ』に収録させて頂いた『番外　カインの愛情』を御影《みかげ》視点で声優さんに朗読して頂いたというものだ。

御影の声を演じてくださっているのは、なんと、あの福山潤さんである。名前を書くのも畏れ多いほどの、数々のご活躍をされている大人気声優さんだ。

私のファースト福山さんは恐らく、『ブギーポップは笑わない Boogiepop Phantom』（二〇〇〇年）だ。当時の私はブギーポップシリーズを貪るように読んでいた。私は画面が薄暗いアニメを好む傾向にあるようだが、思えば、あのアニメがその発端になったのかもしれない。

それはともかく、その頃はまさか自分が小説家になるなんて夢にも思っていなかったし、声優さんにお会いするなんていう発想は全くなかった。

それゆえに、ボイス収録時、私が同席できると知った時には、感動のあまり卒倒しそうになった。

実際にお会いした時はそのオーラに当てられて、一瞬、意識を失いかけた。そして、長い御髪《おぐし》は確かな重みがあってしっとりしていたという報告はここに記しておかねばなるまい。

さて、問題は本番の時だ。

御影の台詞《せりふ》は妖艶なものが多いのだが、福山さんの演技がまた素晴らしくもあり、あまりにもハマっていて、なんかこう、すごかった。語彙は死んだ。

声優さん選定にあたり、「危ない男が出来て、凄みが出せて、若者が出来る」が私の中にあったのだが、それらの条件をゆうにクリアしており、拝むことコメッキバッタのごとし。

しかし、あまりにも艶っぽく演じてくださっている台詞を書いたのが自分だと思うと、謎の恥ずかしさがあり、収録中はほぼ下を向いて、臀部に変な汗をかいていた。

因みにあの吸血音は、ご自身の腕にご本人の唇を当てることで鳴らしておられた。

それらのSEは既にあるものを使っているのかと思いきや、声優さんご自身が発しておられたとは！

匠《たくみ》の技を見せつけられた私は、敬意を通り越して畏怖の感情すら抱き、気付いた時には合掌していた。

まだお聴きになられていない方は、今すぐ、小学館さんのYouTubeチャンネルで公開されているものを聴いて頂きたい。ただし、音量には注意して欲しい。イヤホンやヘッドホン推奨だ。

担当さんは、出張中に新幹線内にて、うっかり大音量で流してしまうという大事故を起こしたので、皆さまもお気をつけください。

更に、まさかのご縁があって舞台化ということで、ビジュアル撮影現場にも少しだけお邪魔させて頂いた。

担当さんとともに某所にあるスタジオにお伺いしたのだが、役者さんをはじめ舞台関係者さんが大勢いらっしゃり、コミュニケーション能力が低い私は、即座に借りてきた猫状態になってしまった。

最初はあまりにも緊張していたが、現場の雰囲気はとても明るく、関係者さまもお優しかったため、後半はなんとか人間に近いレベルにはなれた気がする。

舞台に関わってくださる方々は思った以上に多く、そして、それぞれの方が本作に本気で挑んでくださっていることが伝わってきた。原作者として、現場で設定的なことなどを何かお伝えした方がいいかとも思ったのだが、そんな必要はないくらい物語を読み込んでくださっていて、私は安心して壁になっていた。

諸々の展開のお話をして頂いたり、舞台上で使用する小道具を見せて頂いたり、勉強になることも大変多かった。

時間の都合上、神無《かんな》役の松田昇大さんと、御影役の赤羽流河さんの撮影にだけお邪魔したのだが、その時、私は思った。

彼らは、我々とは作画が違う。

頭身高っ！　足長っ！　身体細っ！　顔がいい！（語彙消失）

二次元のキャラクターが現実世界に出てきたらこんな感じ、を体現したような方々だった。同じ世界のものを食べているとは思えない。

そして、撮影が一段落ついた時、私は図々《ずうずう》しくも記念撮影をお願いしてしまったのだが、実は、明らかに作画が違うお二人と並ぶことに心底抵抗があった。

しかし、昨今、一人旅行をするものの記念撮影をほとんどしない私は、自分が美しい風景をちゃんと目にして、しかもその中にいたことを残しておきたかったのだ。

この先、人生において過去を振り返りたい時もあるだろう。未来の自分に何かを残してやらなくてはいけない。

美しいネモフィラの風景の中に自分はいらないけれど、自分がそこにいたという記憶は留《とど》めておきたい。そんな気持ちで、恐る恐る撮って頂いた。ただでさえ大きくないのに、申し訳なさそうに小さく縮こまりながら。

私は、あまりの作画の違いを客観的に見ることで羞恥のあまり気絶するのではとビクビクしつつスマホの画像を確認したのだが、杞憂《きゆう》であった。

作画が違いすぎて、完全に『役者さんの等身大パネルの前で記念撮影をするオタクの図』だった。

三次元にいるはずなのに、三次元に見えない役者さん達（とその感じを生み出すメイクさんや衣装さん達）はすごい。０．５次元の差を、身を以《もっ》て体感した貴重な日だった。


実は、撮影にお伺いした辺りは休みなく仕事をし続けていて、疲労もたまっていたのだが、役者さんや活気がある現場の雰囲気を拝見して、概念的マイナスイオンを浴びて健康になれた気がする。

本エッセイをお読みの皆さまも、是非、舞台『咎人の刻印　ブラッドレッド・コンチェルト』をご覧頂ければと思う。

もしかしたら、寿命が百年ほど延びるかもしれない（気持ち的に）。

――本書のプロフィール――

本書は書き下ろしです。

小学館文庫

咎人《とがびと》の刻印《こくいん》

パラダイス・ロスト

著者　蒼月海里《あおつきかいり》

二〇二二年十月十一日　初版第一刷発行

発行人　石川和男
発行所　株式会社　小学館
〒一〇一-八〇〇一
東京都千代田区一ツ橋二-三-一
電話　編集〇三-三二三〇-五六一六
　　　販売〇三-五二八一-三五五五
印刷所――中央精版印刷株式会社

ISBN978-4-09-407183-2

東京ファントムペイン

蒼月海里

イラスト　巖本英利

失業中の鳳凰堂マツリカがスカウトされ
再就職した先は「アリギエーリ」。
それは表向き解決が不可能な難事件を、
「異能使い」を派遣し解決するという
不思議な組織だった。

キャラブン！
CHARABUN
小学館文庫